THE LAST BOUT
EINE DUNKLE MAFIA-ROMANZE

JESSICA F.

NIE ERWISCHT 4

INHALT

Klappentext   v

Prolog   1
Kapitel 1   9
Kapitel 2   17
Kapitel 3   31
Kapitel 4   42
Kapitel 5   49
Kapitel 6   62
Kapitel 7   73
Kapitel 8   85
Kapitel 9   96
Kapitel 10   104
Kapitel 11   117
Kapitel 12   123
Kapitel 13   134
Epilog   140

Copyright © 2022 von Jessica F.

Alle Rechte Vorbehalten

ISBN: 978-1-63970-111-7

Es ist in keinster Weise erlaubt, irgendeinen Teil dieses Dokumentes zu reproduzieren, zu duplizieren oder zu übermitteln, weder in elektronischem noch gedrucktem Format. Aufnahmen dieser Publikation sind streng verboten und jegliche Speicherung und Aufbewahrung dieses Dokumentes sind nicht gestattet, es sei denn es liegt die schriftliche Erlaubnis des Herausgebers vor. Alle Rechte sind vorbehalten.

Die jeweiligen Autoren haben alle Urheberrechte inne, über die der Herausgeber nicht verfügt.

KLAPPENTEXT

Ich habe seit zehn Jahren keinen Kampf verloren.

Ich herrsche jetzt seit mehr als einem Jahrzehnt über das Untergrundboxen in Detroit.

Ich habe eine Legende aus mir gemacht.

Aber als ich eine unschuldige Frau vor ihrem Stalker rette, verliere ich gegen sie ...

Auf die bestmögliche Art.

Ich beginne keine ernsten Beziehungen – zu riskant.

Aber Josie ist anders – sie ist das Risiko wert.

Aber als ihr Stalker das FBI auf mich und meinen Boss ansetzt, muss ich wie der Teufel kämpfen, um sie zu beschützen.

PROLOG

Carolyn

Datum: 16. Februar 2019

Standort: Detroit, Michigan

Zielperson: Jacob Todd „Jake" Ares

Vorstrafenregister: Jugendakten versiegelt. War vor dem Militärgericht, drei Monate in Haft und wurde anschließend unehrenhaft aus der US Army entlassen. Sein Verbrechen bestand darin, wiederholt als bezahlter Kämpfer in einem Untergrund-Boxring in der Joint Base San Antonio angetreten zu sein. Da Private Ares, damals neunzehn, keine anderen Verstöße hatte, wurden ihm weitere Disziplinarmaßnahmen erspart. Ares ist mit seiner biologischen Familie zerstritten, zum Teil aufgrund dieses Vorfalls.

Ares ist 2007 nach Detroit gezogen, sechs Monate nach seiner Entlassung, um eine professionelle Karriere in den Mixed Martial Arts anzustreben. Jedoch konnte er trotz einer Reihe von

Siegen im Amateurring keinen Sponsor finden, vermutlich wegen seiner unehrenhaften Entlassung und des Rufs, den sie bei ihm hinterlassen hat.

Ares wurde wegen mehrerer Auseinandersetzungen in Bars in Detroit festgenommen, aber die Anklagen wurden fallen gelassen, da dies alle Teil beidseitiger Handgemenge gewesen waren. Er hat den Ruf, bei Vorfällen mit Schikane dazwischenzugehen, um das Opfer zu beschützen. Er hat keine Vorgeschichte von Gewalt gegen Nichtkombattanten.

Ares hat keine Beschäftigungsnachweise außer eines Teilzeitjobs als Sicherheitsmann im Iron Pit Nachtclub (siehe Bemerkungen zur Beschäftigung). Allerdings liegt sein Lebensstil mehrere Steuerklassen über dem, was seine Beschäftigung abdecken könnte. Das schließt seine Ersparnisse aus seiner Militärkarriere mit ein.

Der Wind bläst gegen mein Hotelzimmerfenster und bedeckt das Fenster mit dicken Flocken. Ich sehe von meinem Computer auf und seufze, bevor ich aufstehe und mich strecke. *Verdammt. Ich friere schon wieder und kann mich nicht konzentrieren.*

Draußen sammelt sich der Schnee auf den vollen Straßen. Als ich zu dem breiten Fenster gehe und nach unten sehe, rutscht ein Pick-up unter einem Chor aus Hupen in das Heck eines SUVs. *Detroit Mitte Februar. Vielen Dank, Boss. Ich vermisse San Diego bereits.*

Ich habe den ganzen Winter damit verbracht, auf der Suche nach Verdächtigen durch die Vereinigten Staaten, Kanada und Mexiko zu rennen. Sie sind alle von einer Liste, die mir mein Boss, Assistant Director Derek Daniels, als meinen ersten Langzeitauftrag gegeben hat. Sie beinhaltet fünf Männer, die ernster Verbrechen verdächtigt werden, die bisher weder das FBI noch örtliche Behörden erfolgreich belangen konnten.

Ich habe diese Fälle auf wirklich unerwartete Arten abgeschlossen, aber ich habe sie abgeschlossen. Ich bin bei den letzten beiden: der wirklich berüchtigte am Ende der Liste und Jake Ares, ein gesetzloser Boxer, der verdächtigt wird, ein paar Kerle im Ring getötet zu haben. Allerdings ... Nichts in seinem Muster von Verbrechen oder seinem psychologischen Profil passt zu diesem Verdacht.

Ich glaube nicht, dass dieser Kerl absichtlich jemanden getötet hat. Er ist ein Schlägertyp und liebt einen guten Kampf. Aber Untergrundkämpfe haben eine ziemlich hohe Opferzahl – und beide Tötungen könnten Unfälle gewesen sein.

Oder vielleicht ist mir die ironische Art, auf die die letzten drei dieser Fälle geendet sind, schließlich zu Kopf gestiegen und ich spreche mich unvernünftig zu Gunsten dieses Kerls aus. Hauptsächlich, weil ich erwarte, dass er genauso ist: ein Gesetzloser, aber keine klare und gegenwärtige Bedrohung für die Gesellschaft.

Ich war eine so blinde Idealistin, bevor ich begonnen habe, unter AD Daniels zu arbeiten. Unschuld und Güte wurden dadurch bestimmt, ob man dem Gesetz gehorchte oder nicht. Ich habe nicht an den Charakter oder Reumütigkeit von Gesetzlosen gedacht. Und jetzt ... Jetzt hat sich alles verändert.

Derek Daniels steht unter Verdacht, beinahe jede weibliche Angestellte unter ihm im New Yorker Büro sexuell belästigt zu haben, mich eingeschlossen. Er ist ein Assistant Director des FBIs, mit mehr Geld und Macht, als ich es mir jemals erträumen könnte. Er tut es bereits seit Jahren und ist damit davongekommen.

Als ich ihn abgewiesen habe, hat er mir diese Liste gegeben und mich dazu gezwungen, im Winter umherzurennen, mich mit gefährlichen Stürmen, gestrichenen Flügen und zugeschneiten

Straßen herumzuschlagen. Und all das, um eine Gruppe Männer aufzuspüren, von denen er wusste, dass sie genauso schwer zu verurteilen wie zu fangen waren.

Der einzige Grund, aus dem die Dinge für Daniels jetzt den Bach hinuntergehen, ist, dass es da draußen einen Hacker gibt, dem es nicht gefällt, wie mein Boss mich behandelt und sich deshalb dazu entschieden hat, einzuschreiten – derselbe Hacker, der mir dabei geholfen hat, diese Männer aufzuspüren, ihre wahren Geschichten zu erfahren und zu überlegen, was zu tun ist. Ich weiß nicht einmal wirklich, warum er es tut, außer dass er mich mag.

Der Gesetzeshüter tut mir weh und bringt mich in Gefahr. Der Gesetzlose hilft mir, ihm die Stirn zu bieten und es in Ordnung zu bringen. Die Welt ist auf den Kopf gestellt ... und hat mich dazu gezwungen, jeden dieser Männer zu betrachten – nicht nur als einen zu fangenden Verbrecher, sondern als menschliches Wesen.

Ich bin dafür vermutlich ein besserer Mensch, aber ich bin mir nicht sicher, ob ich dafür ein glücklicherer Mensch bin.

Das Leben war einmal so viel einfacher. Und nicht nur, weil ich die Dinge jetzt differenzierter betrachten musste. Ich habe einige grundlegende, persönliche, ursprüngliche Bedürfnisse, die mich immer wieder daran erinnern, dass sie nicht erfüllt werden.

Ich kehre zu meinem Tisch zurück und rufe Ares' Fotos auf – und rolle verzweifelt mit den Augen, als eine weitere Erinnerung an mein ‚kleines Problem' auf meinem Bildschirm auftaucht. *Oh, um Himmels willen – schon wieder?*

Ich weiß nicht, ob das bei Daniels' Entscheidung eine Rolle gespielt hat, wen er mir auf die Liste gesetzt hat, aber *jeder einzelne* dieser Kriminellen war nicht nur von zweifelhafter Moral, sondern auch ein verdammter Snack.

Große, mysteriöse und attraktive Kerle. Blauäugige Blonde mit jungenhaften Gesichtern. Das Foto des fünften Falls kann ich mir nicht einmal ansehen, ohne dass mir der Mund trocken wird ... ein Sammelsurium von echten Kerlen. Und ich date nicht einmal. *Versucht Daniels, mich zu quälen?*, frage ich mich, während ich das letzte Exemplar anstarre.

Ares hat das Aussehen eines athletischen Superstars, was mich vermutlich nicht überraschen sollte. Es ergibt absolut Sinn, dass ein Kampfkünstler, der in der Untergrundszene arbeitet, aussieht, als wäre er mit Lasern aus einem Block Stahl geschnitten worden. Aber das hilft mir kein bisschen, während ich diese Fotos anstarre.

Außerdem kleidet er sich entsprechend, um diesen fantastischen Körper zur Schau zu stellen – er ist vermutlich einer dieser Kerle, die ärmellos unterwegs sind, bis jeder um ihn herum völlig eingepackt ist. Er sieht groß und kräftig aus, seine gebräunte Haut glänzt fast genauso strahlend wie sein großes, verwegenes Hollywood-Lächeln. Ich weiß nicht, wie er trainiert, aber es macht sich eindeutig bezahlt.

Sein Haar ist so kurz geschnitten, dass es nur ein dunkler Flaum ist. Strahlend bunte, kunstvolle Tattoos bedecken seine beiden Arme. Seine großen, mandelförmigen Augen sind so grün, dass es aussieht, als würde er bunte Kontaktlinsen tragen.

Ein weiterer Mann, der so gut aussieht, dass ich ihn in meinem Bett haben wollen würde, wenn ich nicht wüsste, dass er so gefährlich ist. Aber das ist er. Selbst wenn diese tödlichen Fäuste nicht mit der Absicht zu töten geschwungen werden, haben sie getötet. Dessen muss ich mir bewusst bleiben.

Mein Job diese Woche besteht darin, ihn zu finden und ihn in Bezug auf diese beiden Morde zu befragen. Wenn ich diesen Kerl, oder noch besser den Anführer des illegalen Boxrings festnehmen kann, dann kann ich aus Michigan verschwinden, bevor ich erfriere.

Mein exotischer neuer Laptop in der gepanzerten Hülle gibt ein Geräusch von sich und ich sehe ihn an. Eine weitere E-Mail von Prometheus, meinem Hacker-Schutzengel. Ich weiß immer noch so gut wie nichts über ihn, bis auf seine Zuverlässigkeit und sein umfangreiches Wissen über die amerikanische und kanadische kriminelle Unterwelt. Das ist, was ich im Moment brauche.

Daniels gibt mir eine Liste, eine Akte, ein Budget und Flugtickets. Danach sieht dieser korrupte, dilettantische Idiot seinen Job als erledigt an. Ich hatte bis auf einmal noch nie Verstärkung bei mir gehabt, und das war, als wir dachten, wir hätten den derzeitigen Don von New York in der Tasche.

Prometheus schickt mir Geschenke und Informationen. Er hat mich davor bewahrt, in Gefahr zu geraten. Er hat mich davor bewahrt, jemanden festzunehmen, der es wesentlich weniger verdiente als die Leute, die auf ihn angesetzt wurden. Er hat mir sogar dabei geholfen, einen berüchtigten Mafia-Auftragskiller zu schnappen, der *hinter* einem der Kerle auf meiner Liste her war. Wenn er nicht gewesen wäre ...

Ich stütze meine Stirn auf meiner Hand ab, während der Wind die Fensterscheibe vibrieren lässt. *Die Pause in San Diego war nicht lang genug.*

Der Winter ist die einsamste Jahreszeit: dunkel, kalt, isolierend und voller familienbezogener Feiertage, die ich dieses Jahr während der Jagd auf Kriminelle überwiegend verpasst habe. Es beeinflusst meine Stimmung und mein Urteilsvermögen. Es sorgt dafür, dass ich mich auf die E-Mails eines freundlichen, aber kriminellen Fremden freue, der mich vermutlich genauso ausnutzt, wie er mir hilft.

Nichtsdestotrotz spüre ich die leise Erwartung in mir, als ich zurück zu meinem Tisch gehe, um die Nachricht zu lesen.

Carolyn,

willkommen in Detroit. Ich entschuldige mich für die Kürze dieser Nachricht, aber ich habe heute Abend Geschäfte, um die ich mich kümmern muss. Drei Dinge, die du wissen solltest:

1. *Derek Daniels steht momentan wegen seines anhaltend fragwürdigen Verhaltens unter Beobachtung und wurde dabei gesehen, wie er auf der Suche nach belastenden Informationen eine Hintergrundüberprüfung über dich gemacht hat. Natürlich hat er nichts gefunden, aber ich bezweifle, dass dies sein letzter leiser Versuch sein wird, dir Schwierigkeiten zu machen.*
2. *Ein Hacker, bekannt als YokaiPrince, agiert momentan in dieser Gegend und wird sich vielleicht in deine Untersuchungen bezüglich Mr. Ares einmischen. Informationen über seine wahre Identität und seinen Aufenthaltsort liegen noch nicht vor. Wenn es so weit ist, wirst du es erfahren.*
3. *Mr. Ares ist kein Mörder. Der Kampfring, für den er arbeitet, betreibt keinen Blutsport, er hatte kein Motiv und die Obduktionsberichte der beiden Männer werden offenbaren, dass ihr Tod ein Unfall war.*

Hab einen schönen Abend, Carolyn. Ich werde dich mit weiteren Informationen kontaktieren, wenn ich sie habe.

. . .

Ich lehne mich auf meinem Stuhl zurück und schließe die Augen, während ich versuche, mich trotz meiner Enttäuschung darüber, dass ich heute Abend nicht mit Prometheus plaudern werde, versuche zu konzentrieren. *Also weiß Prometheus von der Situation bezüglich Jake Ares' angeblicher Verbrechen und Behauptungen, dass es unmöglich sein wird, ihn strafrechtlich zu verfolgen. Stattdessen spricht er irgendeinen Hacker in der Gegend an, von dem er behauptet, dass er damit zu tun hätte.*

Ich frage mich, warum er diesen Hacker erwähnt hat. Ist es Territorialität oder ist dieser YokaiPrince wirklich so gefährlich? Und welche Verbindung hat er zu dem Fall?

Sieht aus, als hätte ich ein wenig zu recherchieren. Das ist in Ordnung. Mein Schlafrhythmus ist so durcheinander, dass ich sowieso stundenlang nicht schlafen werde. *Also, lass uns sehen, was du getan hast, YokaiPrince, und herausfinden, was es mit Jake Ares zu tun hat.*

KAPITEL 1

Jake

„Billy? Komm schon, Mann, hör auf damit. Ich habe dich doch gar nicht so hart geschlagen ... Billy?"

„Er ist tot, Jake. Es tut mir leid. Es war ein Unfall, das haben wir alle gesehen, aber der Boss will mit dir reden."

„Oh Gott. Warte, nein, das ist nicht möglich. Er hat eben noch mit mir geredet –"

Licht. Lärm. Der Geruch von Blut. Billys ausdruckslose Augen, die nach oben starren, der erstaunte Ausdruck ist in sein Gesicht eingebrannt.

Ich setze mich mit einem atemlosen Aufschrei auf und öffne die Augen, woraufhin ich mein dämmriges Schlafzimmer erkenne. Ich schiebe die Decke zur Seite und stellte meine Füße auf den Holzboden, bevor ich mich wieder unter Kontrolle bringe und mich der Adrenalinschub zittern lässt. „Scheiße", keuche ich und starre in die Luft, um meine Fassung wiederzuerlangen.

Billy ist seit zwei Jahren tot. Es ist nur wieder derselbe Albtraum. Reiß dich zusammen. Ich reibe mir über das Gesicht, dann drehe ich den Kopf, um mir meine zusammengesackte Gestalt im Spiegel an der Tür anzusehen.

Für eine Sekunde sehe ich aus wie ein einhundert Kilo verängstigtes Kind. Dann stoße ich den Atem aus und lege mich zurück, um an die Decke zu starren. *Dieser Mist scheint nie leichter zu werden.*

Zwei meiner Gegner sind im Ring gestorben. Einer davon ein dämliches Arschloch, Carl, der sich vor dem Kampf irgendetwas eingeworfen hatte. Ich weiß immer noch nicht, was es war, aber als es im Ring heiß her ging, wurde er in der zweiten Runde ohnmächtig.

Damals war ich Anfang zwanzig und es hätte mich beinahe aus dem Job verschreckt. Ein privates Gespräch mit dem Besitzer des Motor City Iron Pit, dem Boss selbst, war nötig, um mich wieder zurück in den Ring zu bringen. Jetzt haben wir Bluttests wie die legale Liga, und meistens kann ich mit der Sicherheit kämpfen, dass niemand unerwartet ins Gras beißen wird.

Wir kämpfen bis zum ersten Blut oder bis zum K.O. Das ist alles. Niemand soll sterben.

Billy war ein Fehler. Kein Unfall – mein Fehler und auch Billys. Wenn ich von der Verletzung in seiner Kindheit gewusst hätte, die ihm ein schwaches Genick beschert hatte, hätte ich ihm nie ins Gesicht geschlagen.

Ich wusste es nicht. Es war etwas, das er durch Muskelaufbau und Lügen verbarg, damit er weiterhin kämpfen konnte. Als er zu Boden ging, dachte ich, er würde mich verarschen.

Das tat er nicht.

Der Boss sagte mir, dass es nicht mein Fehler gewesen sei. Ich war ein Veteran von zu vielen Kämpfen, um mich so zu verkalkulieren, dass ich jemanden umbrachte. Es war schlicht eine Sache von Fehlkommunikation und ein Unfall.

Er änderte die Regeln erneut. Jetzt müssen alle Kämpfer alle sechs Monate eine ärztliche Untersuchung über sich ergehen lassen. Er kümmert sich gut um seine Leute, da kann ich mich nicht beschweren. Aber irgendwie wache ich zwei Jahre später immer noch schreiend auf, wenn ich mich an den schockierten Ausdruck auf Billys totem Gesicht erinnere.

Er war mein bester Freund.

Die nackte Frau, die warm und entspannt neben mir liegt, rührt sich und macht ein leises Geräusch wie ein Vogel, bevor sie ihr Gesicht in das Kissen drückt. Ich bin nicht überrascht, dass meine Bewegungen sie nicht aufgeweckt haben. Ich habe den Großteil des Nachmittags damit verbracht, sie in den Schlaf zu wiegen.

Sie ist ein weiterer Kampf-Groupie. Ich bringe pro Woche ein paar von ihnen mit nach Hause, lasse ihre Fantasien wahr werden und lasse sie dann sanft gehen. Alles, was sie wirklich von mir wollen, ist eine heiße Nacht und dann die Rückkehr in ihr Leben irgendwo auf der Welt, ohne weitere Verpflichtungen.

Alle bekommen das, was sie wollen. Und was ich im Moment will, ist Erleichterung und Ablenkung – und vielleicht die Chance, ein wenig länger zu schlafen. Es ist noch zwei Stunden, bevor mein Wecker klingelt, und ich will die Zeit gut nutzen.

Nicht damit verschwenden, über eine Vergangenheit nachzudenken, die ich nicht ändern kann.

Mein alter Mann ist ein Mistkerl, aber er hat mir ein paar Dinge beigebracht. *Man bewegt sich immer vorwärts*, sagte er mir immer.

Selbst wenn es wehtut, man muss die Lektion annehmen, die einem die Vergangenheit beibringt und dann den Rest hinter sich lassen. Ansonsten trägt man dieses Gewicht am Ende auf den Schultern und wird für den Rest seiner Tage ausgebremst.

Ich muss meine Gedanken von Billy ablenken. Also drehe ich mich um und sehe stattdessen die Frau neben mir an.

Nackt in einem Quadrat aus Straßenbeleuchtung, immer noch wohlig in dem warmen Zimmer, liegt sie auf der Seite und ihre großzügigen Kurven fallen mir ins Auge. Ihre Haut schimmert im Halbdunkeln, das blonde Haar ist durch den Sex zerzaust, der Lippenstift ist abgeküsst. Ich fahre sanft mit den Händen ihren Körper hinab und sie streckt sich unter mir, als ich mich über sie beuge, um ein weiteres Kondom von meinem Nachttisch zu nehmen.

Ihre dunklen Augen öffnen sich und sehen verschwommen zu mir auf – dann werden sie vor Erkenntnis und Freude groß. „Hi!" Ich lächle sie an. „Möchtest du noch mehr?"

„Hmhm!", bringt sie heraus, dann lächle ich und bücke mich, um mein Gesicht zwischen ihren vollen Brüsten zu vergraben.

Ich habe eine Stunde unseres ersten Mals damit verbracht, nur ihren Körper zu erkunden, während sie unter meinen Händen gesurrt und gezittert hat, weshalb ich jetzt weiß, wie ich sie berühren muss. Ihre Finger krallen sich in meinen Rücken, als ich sie streichle und warte, bis sie danach fleht, bevor ich in sie eindringe. Sie erreicht ihren Höhepunkt, als ich hineingleite, windet und spannt sich unter mir und um mich herum an, während mein Finger auf ihrer Klitoris sie erregt hält.

Wir reiben uns aneinander wie Tiere, bis Billy meinen Kopf verlässt, bis alles meinen Kopf verlässt, ich schreie und auf meinen Höhepunkt zusteuere. Mein Rausch lässt sie erneut explodieren. Sie schreit *ja, ja, ja* in mein Ohr, laut genug, dass es wehtut, und mir ist es völlig egal, als ich den Endspurt beginne.

Als ich meine Ladung verschieße, stoße ich einen unterdrückten Schrei aus und presse sie so hart in die Matratze, dass das metallene Bettgestell quietscht. Ich spüre erneut ihr Zusammenziehen, als ich mich leere und ihr schläfriges, zufriedenes Lächeln sehe, eine Sekunde, bevor sich meine Augen vor Glückseligkeit schließen.

Ich bin immer laut, wenn ich komme. Es ist mir egal. Als ich in ihren Armen zusammenbreche, hält sie mich – und für eine Weile habe ich Frieden.

Diesmal schlafe ich traumlos.

Nachdem mein Wecker geklingelt hat, duschen wir nacheinander. Ich toaste ihr einen Bagel, während ich mein Steak brate und meinen Smoothie mixe. Ich bin ein Könner in der Küche. Wenn man es mit der Ernährung ernst meint, wie es gute Bodybuilder und Athleten tun, dann kennt man sich mit Essen aus.

Wir reden über nichts, dann beginnt sie, über sich selbst zu reden und ich beginne, mich unwohl zu fühlen.

Sie geht zurück nach Mallorca und zu einem reichen Ehemann, der dreißig Jahre älter ist als sie. Sie ist ziemlich glücklich damit, dass ich sie befriedige, etwas, mit dem sich ihr Mann in den fünf Jahren ihrer Ehe nie bemüht hat. Sie drückt halb scherzhaft Bedauern darüber aus, dass sie mich nicht mitnehmen kann – wie ein gebräuntes, muskulöses, persönliches Sex-Spielzeug.

In dem Moment, in dem sie ihren Mann erwähnt und ihre besitzergreifende Wehmut darüber beginnt, mich zu ihrem Spielzeug zu machen, löst sich mein post-koitales Strahlen auf und ich falle zurück auf die Erde. Ich lächle. Ich bin höflich, aber bestimmt. Ich habe eine Verpflichtung gegenüber dem Iron Pit und seinem Besitzer, die vorgeht, schlicht und einfach.

Eine halbe Stunde später trennen wir uns, beide gegen die Kälte eingepackt – sie zu ihrem Mercedes, ich zu meinem Pick-up. Es werden keine Telefonnummern ausgetauscht. Ich erwarte, dass sie sich in einer Woche an das Gefühl meines Schwanzes, aber nicht an meine Adresse erinnern wird. So läuft es mit diesen Dingen.

Ich gehe früh zur Arbeit, da ich nicht ihr Parfüm riechen will, das noch in der Luft hängt. Plötzlich bin ich unzufrieden, dasselbe nagende Gefühl, das mich oft nach dem Sex verfolgt.

Es ist nicht genug. Es ist nie genug. Aber es ist eine schöne Ablenkung, zumindest so lange, bis ich jemanden finde, der es wert ist, ihn zu behalten. Auf so vielen Ebenen unbefriedigend, aber nicht wert, deswegen in Depressionen zu verfallen.

Das Iron Pit hat mich zu einer Nachtkreatur gemacht, ich muss mich jetzt unter Lampen bräunen. Mein üblicher Schlafrhythmus muss ungewöhnlich sein, um mich sowohl an Besorgungen bei Tageslicht als auch an Käfigkämpfe nach Mitternacht anzupassen. Es ist nicht einmal elf Uhr abends, und das ist ein früher Arbeitsweg für mich.

Der Wind bläst stark, überall ist Blitzeis, das meinen Pick-up auf der Schnellstraße zur Seite gleiten lässt. Die Winter in Detroit lassen mich Texas vermissen, aber ich komme nach über zehn Jahren gut mit ihnen klar. Ich spanne den Kiefer an und kämpfe mit meinem Auto um die Kontrolle, während ich nach anderen Autos Ausschau halte, die zu dieser späten Stunde ausgedünnt, aber trotzdem eine potenzielle Gefahr sind.

Blitzeis ist tödlich. Ich sehe fünfmal Warnblinkanlagen und zerbrochenes Glas, in dem sich das Licht spiegelt, bevor ich meine Ausfahrt erreiche und in das Industriegebiet fahre.

Ich sollte wirklich hierher umziehen. Aber obwohl sich die Einrichtung unsichtbar macht, bin ich mir nicht sicher, ob es eine gute Idee ist, in derselben Gegend zu wohnen, für den Fall, dass etwas passiert.

Vielleicht mache ich mir unnötig Sorgen. Das Iron Pit wurde noch nie durchsucht, ich habe gesehen, wie der Polizeipräsident Kämpfe besucht hat, was ziemlich deutlich macht, dass die Cops von uns wissen, es ihnen aber entweder egal ist oder sie ständig in eine andere Richtung gelenkt werden.

Die Polizei ist überfordert. Der Boss führt den saubersten Betrieb, von dem ich je gehört habe, also haben sie normalerweise keinen Grund, uns Schwierigkeiten zu machen. Die Machthaber interessiert es einen Scheißdreck, was wir tun, solange niemand stirbt, die Presse oder das FBI keinen Wind davon bekommen und der Commissioner gute Kämpfe zu sehen bekommt.

Ich liefere immer einen guten Auftritt ab. Ich weiß, wie das Geschäft läuft, und ich mag die Aufmerksamkeit. Es ist derselbe Grund, aus dem ich mich in Topform halte, mich mit den besten Tattoos schmücke und so viel von meinem Körper zeige, wie es das Wetter erlaubt. Ich bin genauso eine Augenweide, wie ich ein exzellenter Kämpfer bin. Es ist kostspielig und erfordert Arbeit, aber es hilft bei den Frauen und meiner Karriere.

Und Frauen helfen beim Stress dieses Jobs, wesentlich besser als Alkohol oder Drogen oder auch der Rausch der Kämpfe selbst.

Aber während ich älter und reicher werde und meine Legende wächst, wird diese eine fehlende Sache immer offensichtlicher. Ich will jemanden, zu dem ich nach Hause kommen kann. Ich will eine Frau, die immer da ist, deren Gesicht ich sehe, wenn ich nachts aufwache und deren Namen ich nie vergessen werde.

Ich denke darüber nach, als ich auf den Parkplatz des Iron Pit fahre. Aber ist immer noch besser, als über Billy nachzudenken.

Bei meinem Liebesleben habe ich wenigstens die Chance, etwas daran zu ändern.

KAPITEL 2

Josie

„Was meinen Sie damit, dass mein Mann angerufen hat und meinem Bankkonto hinzugefügt werden wollte?" Ich kann meinen Herzschlag in meinen Ohren hören, meine Hand, in der ich das Telefon halte, zittert. „Ich bin alleinstehend!"

„Oje. Es ist gut, dass wir das immer überprüfen." Plötzlich klingt der fröhliche Bankangestellte am anderen Ende fast so besorgt, wie ich mich fühle. „Er hatte Ihren vollen Namen und Ihre Adresse. Soll ich die Behörden verständigen?"

„Ja, bitte tun Sie das." Ich weiß nicht, für wen sich Marvin hält, dass er das versucht, aber ich bin ihn so leid. Ich würde mich sicherer fühlen, wenn dieser stinkende, stalkende Irre im Gefängnis wäre. „Ich werde auf den Anruf der Polizei warten."

Ich habe Glück, dass Marvin nicht meine Konto- oder Sozialversicherungsnummer kennt. Aber die Informationen, die er hat, sind bereits schlimm genug. Meine Adresse und meine neue

Telefonnummer, die ich dreimal geändert habe, seit er sich ‚in mich verliebt' hat.

Ich bin Synchronsprecherin. Ich mache viele englische Synchronisationen in Animes, ich habe bisher ungefähr sechs Videospiel-Charaktere gemacht und springe für Hörbücher und Werbefilme ein. Es ist gut verdientes Geld – aber einige der Fans sind so entsetzlich, dass ich manchmal am liebsten aufhören würde.

Die Problemfälle sind immer männlich, fast immer älter als ich und eine fürchterliche Mischung aus sozial ahnungslos und frauenfeindlich, was sie bei Conventions nach meiner BH-Größe fragen lässt. Sie tendieren dazu, unordentlich, übelriechend und unrasiert zu sein, mit wenig Sinn für persönliche Distanz. Und jeder Einzelne von ihnen scheint gleichzeitig anhänglich und emotional unausgeglichen zu sein.

Marvin ist all diese Dinge und noch schlimmer. Er hat sich davon überzeugt, dass wir Seelenverwandte sind, er ignoriert regelmäßig meine einstweilige Verfügung und benutzt dauernd seine beachtlichen Fähigkeiten als Hacker, um zu versuchen, sich in mein Leben zu drängen. Es ist sechs Monate her, seit er zum ersten Mal an meinen Tisch bei einer Convention gewatschelt ist – eine Begegnung, von der ich wünschte, sie könnte aus der Geschichte gelöscht werden.

Und ich habe soeben herausgefunden, dass er meine Privatadresse hat.

Er wurde aus dem Aufnahmestudio verbannt, nachdem er zweimal dort aufgetaucht ist. Er wurde von mehreren Conventions verbannt, einschließlich derer, auf der ich ihn kennengelernt habe, wegen ‚unangemessenen Benehmens' Frauen und Mädchen gegenüber. Er hat vermutlich ein Vorstrafenregister und treibt es noch weiter, indem er mich belästigt … aber es ist ihm egal.

Er hat einmal zu mir gesagt, ich würde ihn nie loswerden, bis ich gelernt habe, seine Zuneigung zu schätzen. Jetzt vergeht kein Tag, an dem ich mir nicht wünsche, dass er einfach vom Bus überfahren wird und mich in Frieden lässt.

Ich denke darüber nach, mir eine Waffe zu besorgen, denn es ist ausgeschlossen, dass ich umziehe, nur weil er meine Adresse in Rivertown herausgefunden hat. Ich bin es einfach so leid: sein fettes, grinsendes Gesicht, sein fauliger Geruch der Trenchcoat, den er immer trägt – und natürlich sein wahnsinniges Verhalten.

Seine Mischung aus unechter britischer Förmlichkeit und Japan-Macke. Seine Tendenz dazu, mich im selben Atemzug tief zu beleidigen und ungeschickt mit mir zu flirten, zu versuchen, mich danach über meine eigene Branche zu ‚belehren'. Sein rotgesichtiges, wütendes Schmollen, wenn ihm etwas verweigert wird.

Bevor das Stalking begonnen hat, war ich den Mistkerl leid. Jetzt habe ich Angst vor ihm.

Ich melde die letzte einfallsreiche Verletzung meiner einstweiligen Verfügung bei meinem Anwalt und der Polizei, dann stehe ich von meinem überladenen Tisch auf, um über den beheizten Betonfußboden zu laufen. Mein Loft war vor einem Feuer und anschließenden Reparaturen eine Großküche; die alten Edelstahlschränke und Anrichten stehen immer noch an den Wänden und bieten mir viel Platz für meine Bücher, Comics und Modelle. Die Bar ist ein weiterer dieser Schränke und wird kaum geöffnet, es sei denn, ich feiere oder bin gestresst.

Leider trinke ich so selten, dass ich vergessen habe, dass ich meine letzte Flasche Scotch geleert habe.

„Verdammt", murmle ich und beäuge die kleine Flasche teuren Sakes, die allein in dem Schrank steht, bevor ich die Idee verwerfe. Ich will so angeheitert sein, dass ich schlafen kann, und dieses sechzig Mäuse teure Geschenk importierter japanischer Schönheit ist für einen besonderen Anlass bestimmt.

Zum Beispiel für ein Date mit einem richtigen Mann.

Ich spähe hinaus und runzle die Stirn, die Lichter auf dem Gebäudeparkplatz sind erneut erloschen – vermutlich durch den peitschenden, eiskalten Wind. Der Winter ist dieses Jahr spät und hart nach Detroit gekommen, wir hatten in der letzten Woche zwei verrückte Schneestürme. Die Überbleibsel sitzen wie kleine, dreckige Eisberge an jeder Ecke und jedem Spalt und schmelzen langsam, nur damit ihr Rest zu Blitzeis werden kann, sobald die Temperatur wieder unter Null fällt.

Es wird eine kühle Fahrt zum Spirituosenladen. Aber ich denke, dass ich immer noch eine Flasche holen kann, bevor es zu kalt wird.

Rivertown ist in den letzten zehn Jahren gehobener geworden, auch wenn es hier und da immer noch echte Lagerhäuser und seltsame unvollendete oder verlassene Ruinen gibt. Die Aufwertung geschieht Block für Block, wobei einige langsamer sind als andere. Mein Block ist Teil der umgebauten Fabrik und ihres Geländes. Als ich eingepackt in einen unauffälligen grauen Mantel nach draußen gehe, ist der Bürgersteig angenehm verlassen.

Ich gehe auf den Eingang des Parkplatzes zu und fische dabei die Schlüssel meines pinkfarbenen VW Käfers heraus. *Ich sollte meine Schwester anrufen und sie das Neueste wissen lassen.*

Maggie und ihr Man leben mit ihren drei Kindern in Arizona, weit weg von dieser verrückten Stadt, in der wir aufgewachsen sind. Ich beneide sie um ihr einfaches Leben, ihre stabile Beziehung – und ihren angenehmen Mangel an Stalkern. Ich weiß ebenfalls, dass sie sich Sorgen machen wird, wenn sie von Marvins neuesten Taten hört – aber sie hat mir das Versprechen abgenommen, sie mit allem auf dem Laufenden zu halten.

Manchmal denke ich darüber nach, Detroit zu verlassen. Es ist leicht für mich, meine Arbeit mitzunehmen, ich muss nur überall Zeit bei einem Aufnahmestudio buchen und darauf vorbereitet sein, zu pendeln, wenn Videokonferenzen nicht ausreichen.

Aber das ist mein Zuhause. Selbst wenn ich Teile davon nicht mehr wiedererkennen kann. *Will ich wirklich zulassen, dass Marvin mich von hier vertreibt?*

Ich habe einen Fuß auf den Parkplatz gesetzt, als ich eine große Gestalt an mein Auto gelehnt sehe, die Arme erwartungsvoll verschränkt. Ich kann von hier den Trenchcoat sehen, der über seinem beträchtlichen Bauch geöffnet ist, und seinen Filzhut, den er tief in sein bärtiges Gesicht gezogen hat. *Marvin.*

Ich mache einen Schritt zurück und hole mein Handy heraus, um sofort ein Foto von ihm zu machen und an meinen Polizeikontakt zu schicken. Dann drehe ich mich um, um zu meiner Haustür zu eilen, wobei ich durch den vereisten Bürgersteig frustrierend verlangsamt werde. *Bastard, ich hoffe, dass du beim Warten auf mich Frostbeulen bekommst!*

Ich höre seinen Aufschrei hinter mir, die Stimme dramatisch und wütend, als würde ich ihm das Herz herausreißen, indem ich weglaufe. Dann höre ich das schwere Aufprallen seiner Stiefel und das Klingeln seiner Schlüssel. Ich blicke zurück und erkenne, wie er mir mit entschlossenem Gesichtsausdruck folgt, wobei er den rutschigen Untergrund gänzlich ignoriert.

Oh Scheiße, Scheiße, Scheiße ...

Ich weiß sofort, dass ich es nicht schaffen werde, die Treppe hinaufzukommen und die Tür zu öffnen, bevor er mich erreicht. Das Letzte, was ich will, ist, ihm eine Chance zu geben, mich hineinzudrücken und in mein Zuhause einzudringen. Also werde ich stattdessen an einen öffentlichen Ort gehen müssen, wo er es nicht wagen wird, mir etwas anzutun, und dort warten, bis die Polizei kommt.

Glücklicherweise kenne ich diese Gegend nach drei Jahren besser als er es je könnte. Ich renne über die Straße, weiche dem Verkehr aus und danke mir selbst dafür, Stiefel und keine High Heels zu tragen. Auf der anderen Straßenseite ist eine Bar und in der Gasse daneben etwas, was ich für einen Nachtclub halte.

Er schnaubt und knurrt hinter mir, er schreit erneut, durch den Wind und den Verkehrslärm immer noch unverständlich. Reifen quietschen und jemand hupt. Ich sehe hoffnungsvoll nach hinten, aber er wurde nicht angefahren. Er rennt mir immer noch hinterher.

Dieser Kerl wurde nicht einmal eine Stunde, nachdem er meinen Tisch auf der Convention verlassen hatte, verbannt, weil er ein fünfzehnjähriges Mädchen sexuell genötigt hatte. Er fasste ihre Brust an und ohrfeigte sie, als sie ihn anschrie. Er musste zu Boden geworfen werden und brüllte und kämpfte, bis die Polizei ihn abführte.

Darüber nachzudenken, lässt mich das Risiko des Fallens ignorieren und schneller laufen. Natürlich – die Bar auf der anderen Straßenseite ist wegen einer besonderen Veranstaltung geschlossen. Aber die Glastüren des Nachtclubs sind jetzt beleuchtet und zeigen die breite weiße Lobby dahinter, wo sich eine Gestalt bewegt.

Ich zögere nicht, bevor ich die Gasse hinunterrenne.

Das Klimpern und das Aufprallen von Marvins Stiefeln auf dem Gehweg wird lauter.

Er keucht jetzt zu sehr, um zu schreien – ein wahrer Segen. *Vielleicht setzt das Asthma dieses Mistkerls ein und er muss aufhören.*

Die glänzenden Glastüren des Clubs vor mir sind wie das Tor zum Himmel. Ich realisiere, dass es zu früh ist, als dass sich Schlangen bilden könnten, während ich die leer aussehende Lobby scanne. Steht dort ein Türsteher, eine große Wand aus Muskeln und Sicherheitstraining, hinter der ich mich verstecken kann – oder bin ich gerade in meine eigene Falle gelaufen?

Ich habe Glück: Marvin rutscht aus und landet mit einem dumpfen Aufprall auf dem Eis, das er ignoriert hat. Ich laufe weiter, den Blick auf die Tür gerichtet und betend, dass er sich verletzt hat und nicht wieder aufstehen wird. Er schreit mir in einer seltsamen Mischung aus Melodram und rasender Wut hinterher, während er versucht, das Herz der Frau anzusprechen, für die er mich hält.

„Du kannst nicht ewig vor mir weglaufen! Du musst zulassen, dass ich dich vor deinen Ambitionen rette!" Das kommt noch mehr aus dem Nichts als sonst. Er hat mich schon zuvor damit zugequatscht, dass Frauen keine Ambitionen haben sollten – dass unsere Aufgabe und unser einziges Glück darin bestehen, einen Mann zu unterstützen. Vorzugsweise ihn.

Diesmal kommen dieselben Worte allerdings aus seinem Mund, während er mich mit der durchgeknallten Wut eines Axtmörders verfolgt. Ein Blick nach hinten zeigt, dass er wieder auf den Füßen ist, knallrot, der Hut hinter ihm auf dem Boden und mit zunehmender Geschwindigkeit. Dann bin ich an der Tür, hämmere verzweifelt gegen das Panzerglas und starre in die leere Lobby dahinter, auf der Suche nach irgendeinem Zeichen nach der Gestalt von zuvor.

Komm schon, komm schon! Ich weiß nicht, ob der Koloss, der auf mich zu trampelt, eine Waffe hat oder nur plant, mich zu Tode zu vergewaltigen, aber er lacht heiser, als er aufholt. Es erfüllt mich mit Wut und Angst, als ich flehend zur Überwachungskamera hinaufsehe.

„Bitte lasst mich rein!", rufe ich verzweifelt. Ich wünschte, ich hätte mich vor dem Verlassen meines Zuhauses bewaffnet. *Ich wünschte, ich wäre nie losgegangen, um den verdammten Scotch zu holen.*

Die Tür öffnet sich mit einem Summen und ich zerre daran, dann schlüpfe ich hinein und schließe sie hinter mir – praktisch vor Marvins Gesicht. Ich höre, wie er an das Glas prallt und dann beginnt, darauf einzuschlagen, während ich durch den leeren, nichtssagenden Eingangsbereich renne.

„Danke, Sicherheitskerl! Ich werde dir Kekse backen. Leck mich am Arsch, Marvin –", keuche ich atemlos, während ich um mein Leben renne.

Wer auch immer mich hereingelassen hat, zeigt sich nicht. Ich renne an einer Reihe von Fahrstühlen gegenüber mehrerer Türen vorbei und durch etwas, das wie eine Tickethalle aussieht. *Der eigentliche Nachtclub muss im oberen Stockwerk sein. Ich nehme an, dass sie vor Mitternacht nicht öffnen.*

Ich kann Marvins gedämpfte Schreie hören, während er weiterhin versucht, das Glas zu zerbrechen. Ich habe keine Ahnung, was er sagt, aber ich kann es mir denken.

Wartet, Milady! Das Schicksal hat uns zusammengebracht!

Du frigide, verdammte Schlampe, du solltest dankbar sein, dass ich dir so viel Aufmerksamkeit schenke!

Wenn du das nicht willst, hättest du dich nicht anpreisen sollen, indem du an Animes arbeitest!

Er hat nur ungefähr zwei Dutzend Sätze, die er verwendet und gelegentlich abwechselt, ansonsten aber kaum von ihnen abweicht. Es ist, als würde er mit einer englischen Sammlung von Redewendungen arbeiten, die jemand geschrieben hat, der in seinem Leben noch mit keiner Frau gesprochen hat. Es wäre lustig, wenn er nicht so bedrohlich wäre.

Dann hört er auf zu klopfen und zu schreien und verstummt. Ich blicke zurück, um sicherzugehen, dass er nicht irgendwie hineingekommen ist, nur um zu sehen, wie er am Glas hockt und etwas in seiner Tasche sucht. *Was tut er da?*

Es ist egal. Lauf einfach weiter! Er gibt nicht auf, also werde ich nicht langsamer. Ich renne in die Lobby auf der anderen Seite des Gebäudes, wo durch den hinteren Parkplatz die Stammgäste hereingelassen werden.

Ein schwarzer Pick-up fährt auf einen der Parkplätze ganz vorn und in diese Richtung renne ich in der Hoffnung, dass dieser jemand freundlich ist und helfen kann.

Dann höre ich ein fürchterliches Geräusch: ein Geräusch des Verrats oder vielleicht nur ein Fehler. Das Summen der Tür hinter mir. Der Sicherheitsmann lässt Marvin herein.

„Oh, nein, nein, nein. Was tust du –!" Ich rase zur Hintertür, als er durch die vordere schießt und über den Marmorboden zu mir trampelt. Ich erreiche die Tür – und entdecke zu meinem Entsetzen, dass sie auf beiden Seiten mit Sicherheitskarten geöffnet wird.

Marvin ist bereits an den Fahrstühlen. Ich sitze in der Falle.

Verzweifelt beginne ich, auf die Tür einzuschlagen und daran zu zerren, im Versuch, die Aufmerksamkeit desjenigen zu bekommen, der diesen Pick-up fährt. „Komm schon! Lass mich nicht hier zurück und sieh zu –"

Eine fleischige Hand greift mich am Pferdeschwanz und zerrt mich nach hinten – dann schlägt sie mir das Gesicht in das Glas. Marvin hat nach all dem Rennen nicht mehr viel Kraft, aber das gleicht er durch bösartige Begeisterung wieder aus.

„Schlampe!", presst er hervor, als mein Gesicht aufprallt.

Ich habe Probleme, stehenzubleiben, als er mich erneut zurückzieht – und mich wieder gegen das Glas knallt. Diesmal drehe ich gerade rechtzeitig den Kopf, um meine Nase zu retten, die bereits blutet.

„Du willst an die Tür klopfen, Schlampe? Du willst an die Tür klopfen? Los! Lass uns klopfen!" *Bam.* „Lass uns noch mal klopfen!" *Bam.*

Mit jedem Aufprall schießt Schmerz durch meinen Nacken; sein Gestank erfüllt meine Nase, während er während seines Versuches, mir das Gesicht einzuschlagen, keucht und flucht. Ich sehe verschmiertes Blut auf dem Glas und frage ich, ob das Arschloch in dem Pick-up nur angehalten hat, um zuzusehen. *Ich werde hier sterben*, denke ich und meine Ohren klingeln so laut, dass ich für einen Moment denke, dass das summende Geräusch nur Teil davon ist.

Ich realisiere, dass es der Summer der Tür neben mir war, als ich die kalte Luft und Marvins entsetzten Schrei höre, der durch einen Schlag unterbrochen wird. Sein Griff an mir verlagert sich; er wimmert panisch und zerrt an mir herum, um mich wie ein Schutzschild zwischen ihn und jemand anders zu schieben.

„Sie können mich jetzt nicht schlagen, sonst schlagen Sie sie!", keucht er, als dieser jemand vor uns beiden aufragt.

„Lass sie gehen", knurrt eine tiefe, männliche Stimme, in der der texanische Akzent in jedem Wort zu hören ist. „Sofort. Oder ich werde dir die Zähne bis in die Kehle schlagen."

„Das ist etwas zwischen mir und meiner Frau!", jammert Marvin und duckt sich hinter mir.

Das Klingeln in meinem Kopf verblasst. Ich blinzle schmerzerfüllte Tränen aus meinen Augen und blicke in das attraktive, eisige Gesicht eines Mannes auf, der einen Kopf größer ist als Marvin.

„Ich bin nicht seine Frau", presse ich heraus. „Er ist mein Stalker."

Marvin beginnt durch seine Zähne hindurch zu zischen. „Wie kannst du das sagen, Liebste?", weint er, wobei seine Stimme vor Panik bricht.

„Er hat mich hierher verfolgt und jemand hat ihn hereingelassen. Bitte hören Sie nicht auf ihn!" Ich sehe in die strahlend grünen Augen des Mannes ... und sehe, wie er sie zusammenkneift, als sein Blick von mir zu Marvin wandert.

„Du hast drei Sekunden", warnt er den keuchenden Widerling an meinem Rücken. Lass sie los und tritt zurück. Drei ..."

„Nein, nein, Sie verstehen das falsch!", schreit Marvin und presst mich enger an sich. Würgend ramme ich meinen Ellenbogen in seine Magengrube, aber er prallt unwirksam an den Schichten aus Daunen und Fett ab, woraufhin er an meinem Haar zerrt. „Benimm dich!"

„Zwei ..." Die Stimme des Neuankömmlings wird mit jedem Wort kälter.

Marvins Stimme erhebt sich zu einem panischen Kreischen. „Sie können nicht einfach herkommen und –"

„Eins." Der Mann vor mir verwandelt sich für den Bruchteil einer Sekunde in einen dunklen Fleck und ich höre ein Geräusch, als würde jemand auf ein Stück Rindfleisch einschlagen. Es geschieht über meinem Kopf, so nah, dass ich den Windstoß durch die Faust des Mannes spüre.

Marvin lockert seinen Griff und ich stolpere nach vorne in die Brust des Fremden. Es ist, als liefe man in einen Baumstamm. Er legt flüchtig einen Arm um mich, um mich zu stabilisieren, dann lässt er los und geht an mir vorbei, während Marvin zurückstolpert.

Ich drehe mich um und lehne mich an die Tür, während ich versuche, zu ordnen, was soeben passiert ist. *Ich wurde gerettet. Aber wer ist dieser Kerl?* Er muss den Pick-up gefahren und letzten Endes doch gekommen sein, um mir zu helfen.

Marvin blutet wesentlich mehr als ich. Blut quillt zwischen seinen Fingern hervor, als er beide Hände vor sein Gesicht presst und mit gedämpfter, nasaler Stimme jammert: „Oh mein Gott. Oooh, was hast du getan? Warum hast du das getan?"

Der Mann, der über ihm steht, ist größer als er und scheint gänzlich aus Muskeln zu bestehen. Er trägt eine Lederjacke und eine zerschlissene Jeans, sein dunkles Haar ist kurz geschnitten – was seine umwerfenden Augen noch mehr herausstechen lässt. Er sieht wie die Art Mann aus, dem Frauen den ganzen Tag lang zu Füßen liegen. Ein Filmstar. Ein Sportstar.

Er sieht ebenfalls so aus, als empfände er mehr Zorn, als Marvin sich je erträumen könnte. „Ich habe dich gewarnt. Mehrfach. Ich habe dir auch einen verdammten Countdown gegeben. Nicht meine Schuld, dass du nicht gehört hast, du weinerlicher Bastard."

Marvin beginnt etwas von einem Gerichtsverfahren zu faseln. Der Mann lacht und verschränkt seine mächtigen Arme vor der Brust, wobei seine Lederjacke leicht quietscht, als sie sich über seine Muskeln spannt. „Die Überwachungskameras haben dich aufgezeichnet, wie du diese Frau verfolgst und schlägst, und ich garantiere dir, dass sie gegen dich aussagen wird, nicht mich."

„Du äh ... bist du dir absolut sicher, dass du Anwälte und die Polizei mit hineinziehen willst? Denn du wirst verlieren." Er sieht mich an und Sorge flackert in seinem Ausdruck auf, bevor er wieder ein Grinsen an Marvin richtet.

Ich fahre mir mit den Fingerspitzen über das Gesicht. Meine Nase brennt und ist blutig, einer meiner Wangenknochen fühlt sich stark geprellt an. Ansonsten geht es mir gut – und wesentlich besser, als wenn dieser Kerl nicht gekommen wäre.

Marvin hört nicht zu. Er schreit weiterhin „Ich werde dich *verklagen!*" und „Wie ist dein *Name?*" und „Sie gehört *mir*. Bleib weg von ihr!" in derselben schluckenden, explosiven Stimme wie ein weinendes Baby.

Der Mann seufzt und holt sein Handy hervor, um jemanden anzurufen. „Ja, hier ist Jake. Irgendein Arschloch hat eine Frau verfolgt – hm? Oh, du hast das gesehen? Warum hast du nicht ein paar Jungs geschickt?"

Er hört ein paar Sekunden lang zu. „Okay, na ja, schick ein paar Jungs, um ihn festzuhalten. Ich kümmere mich um das Mädchen." Eine weitere Pause. Er nickt. „Ja, geht klar." Er legt auf und schiebt das Handy wieder in seine Tasche. „Okay, wir warten hier, bis die Security kommt."

Marvin löst seine Hände von seinem blutigen Gesicht und starrt sie entsetzt an. Dann fällt sein Gesicht und wird wieder dunkler – dann stürzt er auf mich zu.

Ich ducke mich gerade rechtzeitig weg und er knallt in die gepanzerte Glastür. Ich stolpere mit panisch verkrampftem Magen zurück, als er sich umdreht und seine fleckigen Zähne fletscht. „Das ist alles deine Schuld! Du hast mich provoziert!"

Er rennt erneut auf mich zu – und bleibt stehen, als Jake ihn am Genick packt und an die Wand stößt.

„Setz dich hin!", brüllt er – und Marvin gleitet zu Boden, wobei er mit weißem Gesicht zu ihm aufstarrt. „So ist besser. Jetzt bleib da."

Mein Retter dreht sich um und seine strahlend grünen Augen richten sich auf mich, plötzlich voller Sorge. „Alles gut, kleine Lady?"

„Hör nicht auf ihn, Josephine! Er ist ein dreckiger Halunke! Du gehörst zu mir!" Marvin erstarrt, als Jake ihm einen tödlichen Blick zuwirft.

Ich nicke mit einer Hand auf dem Gesicht. Nichts gebrochen. Ich wurde nicht vergewaltigt, erstochen, erschossen oder zu Tode geprügelt. Letzten Ende kam doch jemand zur Hilfe …

… jemand Außergewöhnliches.

„Ich könnte vermutlich einen Eisbeutel vertragen", gebe ich zögerlich zu, woraufhin er nickt.

„Mach dir da keine Sorgen, wir haben unten welche. Lass uns nur diesen Trottel wegbringen, sobald die Security da ist, und dann helfe ich dir, dich sauberzumachen." Er schenkt mir ein strahlendes Lächeln, welches ich schmerzhaft erwidere.

Marvin beginnt zu schluchzen wie ein Rotzbengel, der beim Klauen erwischt wurde, und meine Angst beginnt zu verschwinden. Ich bin gerettet.

KAPITEL 3

Jake

Wenn es eine Sache gibt, die ich hasse, dann sind das Tyrannen. Besonders, wenn sie es auf Frauen abgesehen haben.

In der Schule bin ich dreimal in Schwierigkeiten gekommen, jedes Mal wegen Schlägereien – aber nicht wegen Mobbings. Der Unterschied schien über den Verstand meiner Eltern hinauszugehen, genau wie der der Schulleitung, aber es gibt ihn trotzdem. Ich bin mehr als berechtigt, mich auf einen Mistkerl zu stürzen, der sich entschieden hat, jemanden zu schikanieren, der kleiner und weniger grausam ist als er.

Als ich diesen schmuddeligen Widerling gesehen habe, wie er auf ein so hübsches, zierliches Mädchen losgeht, habe ich für ein paar Sekunden die Fassung verloren. Ich erinnere mich kaum daran, über den Parkplatz geeilt zu sein, meine Karte durchgezogen und die Tür aufgetreten zu haben. Die Zeit normalisierte sich erst in dem Moment, als meine Faust auf sein gerötetes, grinsendes Gesicht traf.

Ich hätte ihn wesentlich härter schlagen können. Das wollte ich. Aber ich konnte nur daran denken, ihn von ihr wegzubekommen. Es ergab keinen Sinn, ihn ins Krankenhaus zu bringen, wenn es reichte, ihn bluten zu lassen, auch wenn er eine widerliche Verschwendung menschlichen Lebens war.

Sobald die Sicherheitsmänner in ihrer einfachen schwarzen Uniform da sind, um den zerzausten, wütenden Stalker wegzubringen, wende ich mich der Frau zu, die ich vor ihm gerettet habe und sehe sie von oben bis unten an.

Sie ist jung, klein und zierlich, auf ihrer Wange bildet sich bereits ein Bluterguss. Seidig aussehendes braunes Haar fällt über ihre Schultern, durch den Wind zerzaust, ihre sanften grauen Augen sind riesig und schüchtern, ihr Blick flirtet mit meinem, bevor sie ihn wieder abwendet. Sie ist eingepackt, aber trotzdem erkenne ich die schlanken Kurven unter ihrem Mantel.

Ihr winziges Lächeln ist wie ein Sonnenstrahl, der durch Gewitterwolken hindurchbricht.

Ich löse meinen Blick von der zarten Wölbung ihrer Lippen und hebe ihn, um ihr in die Augen zu sehen. „Gibt es jemanden, den du anrufen kannst?", frage ich behutsam, da sie immer noch schockiert zu sein scheint.

„Er hat die einstweilige Verfügung gebrochen und mich angegriffen", murmelt sie und hält sich das Gesicht, wobei sie meinen Blick meidet. „Ich sollte es bei der Polizei melden. Zu, äh, spät, um jemand anders anzurufen."

Polizei? Scheiße. Natürlich hat sie keine Ahnung, was das hier für ein Ort ist oder warum wir die Polizei nicht mit hineinziehen wollen. „Wir haben ihn auf der Überwachungskamera und Zeugen. Der Chef der Security wird mit dir darüber reden wollen. Dein Fall ist an diesem Punkt unter Dach und Fach. Stress dich deswegen nicht."

Sie blinzelt mich an und ein Ausdruck der Erleichterung legt sich auf ihr Gesicht. „Ist es wirklich vorbei?"

„Du meinst den Teil, wo dich dieser Kerl verfolgt und schlägt? Der ist vorbei. Wenn du willst, passe ich selbst auf dich auf, bis du dich sicher genug fühlst, nach Hause zu gehen."

Das bedeutet, sie während des Kampfes bei mir zu behalten, aber … ich weiß bereits, dass mich das nicht stören wird. Jedenfalls, wenn sie keine Probleme mit der Gewalt hat.

„O-okay." Sie holt ein Feuchttuch aus ihrer Handtasche und wischt sich das trocknende Blut ab. Sie zuckt nur ein bisschen zusammen; sie ist eindeutig taffer als sie aussieht, aber sehr verunsichert.

„Wie ist dein Name?" Ich betrachte sie ein wenig genauer, während sie ihre Fassung wiedererlangt. Auf ihrer weißen Ledertasche, von der Anhänger mit Chibi-Monstern baumeln, ist eine Sammlung von Anime-Buttons.

„Josie. Ich, äh … danke, dass du mich gerettet hast. Das habe ich noch nicht gesagt, oder? Das hätte ich tun sollen. Danke." Sie ist durcheinander, zittert.

Besser, als vor Schrecken erstarrt zu sein, aber nicht viel. Ich will nach unten in die Zelle gehen und diesen Kerl erneut schlagen.

„Hey, kein Problem. Ich hasse solche Kerle." Ich lächle sie an und strecke eine Hand aus. Sie zögert, dann greift sie danach und ihre schlanken, behandschuhten Finger fahren schüchtern über meine Handfläche, bevor sie in meinem vorsichtigen Griff verschwinden. „Ich bin Jake. Holen wir dir den Eisbeutel."

Während der kurzen Fahrt nach unten im Aufzug steht sie still, die Augen geschlossen, als würde sie sich immer noch davon überzeugen, dass ihre Rettung kein Traum war. Ich bin nicht sicher, was ich sagen kann, das helfen würde, also lasse ich es. Wenigstens ist sie nicht hysterisch.

Jeder der Starkämpfer hat eine Suite in der ersten Kelleretage. Mit meiner zehnjährigen Gewinnakte ist meine die größte. Ich führe sie durch die Stahltür in das Gewirr aus Betonräumen dahinter, das ich mit Spiegeln, Pflanzen und natürlichem Licht versucht habe, weniger wie ein Grab wirken zu lassen. Wenigstens ist es hier unten nie kalt oder feucht. „Setz dich. Willst du Musik?" Ich halte auf dem Weg zu meinem Trainingsraum neben der Stereoanlage inne.

„Jazz, wenn du das hast", murmelt sie und betrachtet stirnrunzelnd ihr Spiegelbild in einem meiner Spiegel.

„Habe ich." Ich bin mehr ein Hard-Rock-Kerl, aber Jazz ist angenehmer, wenn man Kopfschmerzen hat, wie es bei ihr vermutlich der Fall ist. Ich lege eine Ella Fitzgerald-Sammlung auf und hole ihr den Eisbeutel.

„Also, was machst du beruflich?", frage ich, während ich im winzigen Gefrierfach meines Minikühlschranks nach einem Eisbeutel in der richtigen Größe suche. So, wie sie sich all meine Kampfausrüstung und Erinnerungsstücke ansieht, ist es recht eindeutig, dass sie gerade beginnt zu verstehen, was *ich* beruflich tue. Vermutlich wird sie auch schnell erkennen, warum dieses Gebäude so viel Security hat.

Auf der anderen Seite haben wir ihr den Arsch gerettet. Ich bezweifle, dass sie ein Problem mit dem Bewahren von Geheimnissen haben wird, besonders, wenn der Boss sie entschädigt. Was er wahrscheinlich tun wird, sobald er all die Details erfährt. So ein Mensch ist er einfach.

„Ich bin Synchronsprecherin. Überwiegend Animation." Sie lächelt – und zuckt dann zusammen, als es die Verletzung an ihrer Wange schmerzhaft reizt. „Aua." Sie nimmt schnell den Eisbeutel, den ich ihr entgegenstrecke und legt ihn auf die Verletzung.

„Das ist cool. Du hast es mittlerweile vermutlich bereits herausgefunden, aber ich bin Kämpfer. Die Arena ist unten."

„Du bist ... Boxer?" Sie zieht eine Augenbraue leicht hoch.

„Mixed Martial Arts." Ihr überraschter Gesichtsausdruck amüsiert mich und ich grinse kurz. „Ich wette, du wusstest nicht, was das hier für ein Ort ist."

„Ich hatte keine Ahnung. Ich dachte ehrlich gesagt, es sei ein Nachtclub." Sie berührt mit einem Finger ihre Unterlippe. „Schicke Klamotten, schicke Autos, Besucher nach Mitternacht."

„Oh, ist es. Es gibt oben einen, der ebenfalls dem Boss gehört. Völlig legal. Aber ich arbeite unten."

Sie begutachtet weiter das Zimmer, mein Regal mit Übungspolstern, die Vintage-Boxer-Poster an den Wänden, die Kugelhanteln, die nicht mehr in meinen Trainingsraum gepasst haben. „Unten ist eine private Sportarena?"

„Sehr privat." Sie hat es noch nicht ganz verstanden, aber das ist in Ordnung. Ich will ihr eigentlich nicht allzu viele Details geben. „Teil des Grundes, aus dem der Sicherheitschef vermutlich mit dir reden wollen wird."

„Ist ... er derjenige, der mich hereingelassen hat? Denn jemand hat auch Marvin hereingelassen, ansonsten hätte ich mich einfach hier verstecken können." Sie sieht so besorgt aus, dass ich weiß, dass sie nicht übertreibt oder etwas durcheinanderbringt.

Was zur Hölle, Dave? „Okay, das ist einfach verkorkst. Warte eine Sekunde." Ich hole mein Handy hervor, während sie nickt und das Eis an ihr Gesicht drückt. Es dauert nur eine halbe Sekunde, den Sicherheitschef zurückzurufen. „Jo, Dave, wir haben ein Problem."

„Was?" Ich kann ein paar der Sicherheitsmänner im Hintergrund reden hören. „Seid still!", brummt er sie an, bevor diese verstummen. „Was hast du gesagt, Jake?"

„Jemand hat den Kerl reingelassen, der sie verfolgt hat. Hat ihm hinter ihr geöffnet. War das dein Werk? Denn sie ist irgendwie aufgebracht." Ich sage das in einem Tonfall, der deutlich macht, dass ich selbst *irgendwie aufgebracht* bin.

„Er hatte keine Karte? Das System zeigt eine durchgezogene Karte an." Ich höre ein Rascheln und das Klappern einer Computertastatur. „Ja, da steht, dass er mit einem Hausmeisterausweis reingekommen ist."

„Na, er arbeitet offensichtlich nicht hier, also was ist los? Hat er sie geklaut?" Ich wende mich Josie zu. „Die haben ihn nicht reingelassen. Sie sagen, laut System hätte er eine Karte gehabt."

Sie wird sehr blass und reißt die Augen auf. „Oh Gott. Ich hatte keine Ahnung, dass Marvin so schnell arbeiten kann." Sie starrt mich aufrichtig an. „Sie müssen ihn nach allem absuchen, was auch nur im Entferntesten mit Technologie zu tun hat. Der Kerl ist ein Hacker. Er hat viele meiner Informationen gestohlen – so hat er mich gefunden."

„Scheiße. Okay." Ich nehme wieder das Handy ans Ohr. „Hast du all das gehört?"

„Ja, habe ich." Er klingt nachtragend. „Warum hat sie so lange gebraucht, um uns zu warnen?"

„Fick dich, Dave. Sie hat kaum aufgehört, zu bluten", knurre ich noch gereizter. Ich weiß nicht, ob er wieder betrunken ist oder ob er sich von einer weiteren Freundin getrennt hat – oder beides – aber er ist nicht er selbst und muss aufhören, anderen die Schuld geben. „Warum habt ihr ihn nicht bereits durchsucht?"

„Diesen Teigklumpen? Wie könnte er gefährlich sein? Du hast ihn bereits zum Weinen gebracht." Ein leises Summen ruft Aufschreie und Geplapper hervor. „Wir haben ihn nach Waffen durchsucht."

Ich rolle mit den Augen. „Dieser Kerl ist ein Hacker, Dave. Hast du ihn nach *elektronischen Geräten* durchsucht?"

In diesem Moment flackert das Licht und ich höre einen leisen Alarm. Dave flucht leise und ich zucke mit geschlossenen Augen zusammen. „Ich nehme das als ein Nein."

Am anderen Ende der Leitung bricht Chaos aus und ich schlage mir die Hand vor die Stirn, wobei ich mir die geistige Notiz mache, den Boss diesbezüglich anzurufen. „Ruf mich zurück, wenn du das unter Kontrolle hast. Nimm es einmal ernst – er hat versucht, sie umzubringen, und nicht, ihr einen verdammten Valentinsgruß zu überbringen."

Ich lege auf und wende mich meinem Gast zu, der immer noch sehr still und sehr blass ist. „Oh Gott", murmelt sie.

Ich sehe den Damm, der kurz vor dem Durchbruch steht und diesen Ausdruck der Panik, woraufhin mir das Herz in die Hose rutscht.

„Oh, hey, warte. Nein, nein, nein. Komm schon. Nicht weinen. Lass dich von diesem Mistkerl nicht wieder zum Weinen bringen." Ich gehe vor ihr in die Hocke, fange ihren Blick und sie bringt kaum ein zittriges Lächeln zustande. „Okay. Okay, das ist besser."

„Halte einfach durch. Dieser Kerl kommt nicht an mir vorbei, Süße, selbst wenn er durch diese Tür kommt." Ich halte ihren Blick ... diese großen, schönen Augen, die mich starren lassen würden, selbst wenn ich nicht versuchte, ihre Aufmerksamkeit zu bekommen. „Verstanden?"

Sie schluckt und nickt. Die Tränen stehen immer noch in ihren Augen, aber die Verzweiflung lässt nach.

Ich schenke ihr das beruhigendste Lächeln, das ich aufbringen kann. „Gut. Ich habe noch nie einen Kampf verloren, kleine Lady, und ich werde den für dich nicht verlieren."

Ich realisiere, wie das klingt, als es meinen Mund verlässt und sehe in ihrem Gesicht etwas aufflackern, das ich nicht erkenne. Dann wird sie rot und wendet den Blick ab. „Äh. Danke, Jake."

„Warum sagst du mir nicht, was dieser Kerl vorhatte? Ich denke, ich werde es dem Besitzer sagen müssen. Dave hat offensichtlich Mist gebaut, und ich will nicht, dass du dafür bezahlst, also ist es Zeit, über seinen Kopf hinweg zu handeln." Ich bleibe, wo ich bin, sitzend auf den Fersen und nah bei ihr.

So nah kann ich ein zartes, leicht würziges Parfüm mit Blumenduft riechen, das von ihrer Haut und ihrem Haar ausgeht. In meiner Anwesenheit entspannt sie sich. Ich frage mich, wie lang es her ist, seit sie sich sicher gefühlt hat.

„Es gibt viele Anime-Fans, die einfach wundervoll sind. Aber dann gibt es diese Minderheit, die … es übertreibt. Dieser Marvin ist vor sechs Monaten auf einer Convention aufgetaucht, bei der ich Autogramme gegeben habe, und seither stalkt er mich." Ihre Lippen zittern.

Ich bringe ihr eine Flasche Wasser und sie trinkt davon, dann nickt sie dankend, bevor sie fortfährt.

„Er hat mir nie wirklich gesagt, warum er mich gewählt hat. Ich vermute, dass ich die englische Synchronisation für einen der

Charakter gemacht habe, von denen er besessen ist, und das hat es ausgelöst. Was noch seltsamer und widerlicher ist, da ich das bereits mache, seit ich fünfzehn bin und einige meiner Charaktere gerade einmal neun Jahre alt sind."

Ich lehne mich zurück und mein Augenwinkel zuckt. „Igitt."

„Ja, und ich bin zierlich und sehe für mein Alter jung aus, selbst wenn ich mich wie eine Vierzigjährige kleide. Es sind die großen Augen." Sie stellt die Flasche ab und legt den Eisbeutel wieder auf ihre Wange. „Er hat entschieden, dass ich sein Traummädchen bin und ich nicht nein sagen darf."

„Ich hätte ihm stattdessen in die Eier treten sollen", grummle ich ein wenig laut, woraufhin sie nervös lacht. „Entschuldige", murmle ich mit kribbelnden Ohren. „Aber ernsthaft, was soll das?"

Sie lacht ein wenig, ich lächle vor Erleichterung und ziehe einen Stuhl zu mir, um mich zu setzen.

„Ich musste schon zuvor mit sozial unbeholfenen Fans und auch ein paar richtigen Arschlöchern umgehen", erzählt sie. „Schwanzbilder, der übliche Müll, den Frauen online bekommen, wenn sie auch nur ein kleines bisschen berühmt werden." Sie wird nüchterner. „Aber das ist anders. Bei Marvin liegt so viel Hass unter der Oberfläche. Wenn ich mich nicht wie sein perfektes Püppchen verhalte und genau nach seinen Fantasien handle, dann ist es, als müsste ich bestraft werden."

Von dort aus fährt sie fort und erzählt mir von dem Stalking, der einstweiligen Verfügung, den Verstößen gegen diese und davon, wie er heute Abend bei ihr zu Hause aufgetaucht ist, welches auf der anderen Straßenseite unseres Hintereingangs liegt. Das Eindringen in die Privatsphäre, seine widerlichen E-Mails und selbst die Preisgabe im Internet war nichts im Vergleich hierzu.

Schließlich ist sie fertig und hat wieder Tränen in den Augen, als ich sie ungläubig anstarre. „All dieser Mist in sechs Monaten?", flüstere ich und sie nickt.

Mein Handy klingelt und sie zuckt leicht zusammen. Es ist Dave.

„Na ja, er ist durch das elektronische Schloss der Zelle gekommen und ist getürmt", sagt er viel zu locker. „Wenn er immer noch im Gebäude ist, dann haben wir ihn bald. Ansonsten ist er weg."

Fick dich, Dave. „Na, ist das nicht wundervoll. Das sagst du besser dem Boss." Er beginnt zu stammeln und murmelt dann, dass er sich darum kümmern wird, bevor er schnell auflegt.

Ich starre mein Handy an. „Verdammte Scheiße. Toll gemacht, Dave."

Dann höre ich Josies leises Wimmern und drehe ich um, woraufhin ich sehe, dass die drohenden Tränen schließlich doch fallen. *Oh, Mann.*

Ich werde diesem Kerl persönlich in den Arsch treten, wenn ich ihn finde. „Josie?"

„Ich kann nicht nach Hause gehen", flüstert sie. „Er weiß, wo ich wohne."

In diesem Moment treffe ich eine Entscheidung, die ich vielleicht bereuen werde, aber aktuell fühlt sie sich nicht nur richtig an – es fühlt sich nach dem Einzigen an, das mich nicht zu einem gefühllosen Arschloch macht. „Dann wirst du heute Abend nicht nach Hause gehen. Ich bringe dich irgendwohin, wo es sicher ist, und ich werde dich nicht unbewacht lassen, bis die Polizei den Kerl hat. Okay?"

Ihre Augen werden groß vor Schock. „Das würdest du tun?"

Ich nicke grimmig. „Ich habe es dir gesagt. Ich hasse Tyrannen. Dieser Kerl muss aufgehalten werden. Die Polizei ist drei Schritte hinter ihm und jetzt hat Dave es verbockt. Ich werde das nicht tun", verspreche ich ihr. „Du kannst auf mich zählen."

KAPITEL 4

Josie

Noch nie zuvor hat mich jemand vor irgendetwas beschützt.

Während ich in Jakes strahlend grüne Augen sehe, durchströmt mich der Gedanke, wie er all seine Kraft nutzt, um Marvin davon abzuhalten, zu mir zu gelangen, und es hat eine seltsame Wirkung. Mir wird überall warm und der Schrecken beginnt zu verblassen. Vielleicht sollte ich fragen, warum dieser völlig Fremde so viel für mich tut, aber … ich kann nicht ändern, was es mit meinen Gefühlen macht.

Oder meinem Körper.

„Also, es läuft so", sagt er. „Ich habe heute Abend einen Kampf. Ich besorge dir einen Platz, wenn du magst, und jemanden, der bei dir sitzt. Eine meiner Bekannten sieht sich all meine Kämpfe an. Ich bin mir sicher, dass sie es tun wird. Niemand legt sich je mit Cynthia an."

Ich habe noch nie zuvor einen Mixed Martial Arts-Kampf gesehen, geschweige denn einen im Untergrund. Und es ist ausgeschlossen, dass ich dieses Gebäude unbegleitet verlasse. Marvin wird das nicht auf sich beruhen lassen, und ich kann nicht darauf vertrauen, dass ihn die Kälte nach drinnen treibt. „Ich … ich denke, das würde mir gefallen. Aber was passiert danach?"

Er lächelt langsam, und ich sehe ein blasses Schimmern in seinen Augen, durch das ich noch schwindeliger und verlegener werde.

„Dem Boss gehört ein Hotel beim Flughafen. Er bringt seine VIP-Gäste dorthin und lässt sie von Limousinen für die Kämpfe holen. Ich werde dir dort für ein paar Nächte ein Zimmer besorgen."

Ich sehe zu, wie er anruft und reserviert, einfach so. Dieser Kerl scheint alle Antworten zu haben. Es ist so einfach, ihm zu vertrauen, dass ich merke, dass ich umso tiefer in die Verliebtheit gleite, je mehr er das Kommando übernimmt.

„Okay", murmle ich atemlos. *Er ist vielleicht nur nett,* versuche ich mich zu erinnern. *Oder er will vielleicht nur mit mir schlafen.*

Das Problem ist, dass mich beides auf verschiedene Art enttäuschen würde. Wenn er nicht nett ist, dann will ich nicht mit ihm schlafen. Aber wenn er *nur* nett ist, dann habe ich keine Chance bei ihm. *Bin ich einfach launisch?*

Ich hätte nie gedacht, dass ich je eine Chance mit einem so prachtvollen Exemplar von Mann haben *würde*. Er ist alles, was Marvin nicht ist – einschließlich sanft genug, dass mir all diese massive Kraft und die beeindruckende Größe ein Gefühl der Sicherheit geben. Während ich dasitze und zu ihm aufsehe, frage ich mich, wie es wäre, in seinen Armen zu sein.

Konzentrier dich. Es wäre großartig, Marvin für die Nacht aus dem Kopf zu bekommen und stattdessen an diesen Kerl zu denken, aber ich muss mich trotzdem konzentrieren.

„Okay", presse ich heraus. „Aber was ist mit der Polizei?"

„Bis Dave seinen Scheiß geregelt kriegt und herausfindet, wo der Kerl hin ist, haben wir ein Problem. Wir können hier drin keine Cops haben." Seine Stimme ist bestimmt, und ich bin nicht allzu überrascht, immerhin ist das, was sie hier tun, nicht legal.

Mit bis zum Hals schlagendem Herzen nicke ich … und spüre, wie die Hitze tief in meinem Bauch nur intensiver wird. Ich war noch nie in meinem Leben Teil von etwas Illegalem, besonders nicht wissentlich.

„Wie wäre es, wenn wir ihnen sagen, dass ihn jemand gesehen hat, wie er um mein Auto herumgeschlichen ist? Dann können sie in der Gegend nach ihm suchen, ohne mich zu belästigen – oder dich."

Er denkt darüber nach, dann nickt er. „Das ist clever. Ich würde allerdings bis nach dem Kampf warten. Wenn er auf dem Parkplatz oder vor dem Gebäude auf dich lauert, dann kannst du den Penner genauso gut auch eine Weile lang frieren lassen. Es ist nicht so, als würde er gänzlich verschwinden. Wie du gesagt hast, er ist besessen."

Ich stelle mir eine Erinnerung mit Wecker für in drei Stunden ein, damit ich nicht so erschöpft bin, dass ich es vergesse. „Ich mache mir immer noch Sorgen, was er mit seinen Computerfähigkeiten tun könnte. Er ist wirklich ziemlich gut."

„Ja, na ja, ich würde das GPS auf deinem Handy ausschalten und es vermeiden, irgendwelche Check-in-Funktionen wie bei Facebook zu verwenden. So kann er deinen Standort nicht verfolgen."

Ich habe immer noch mein Handy in der Hand und erledige es sofort. „Daran habe ich nicht einmal gedacht. Danke." *Scheiße! Hat Marvin so herausgefunden, wo ich war?*

„Ja, na ja …" Sein Lächeln wird schief. „Ich bin bereit zu wetten, dass du es noch nicht mit allzu vielen Drecksäcken zu tun hattest. Aber ich hatte leider schon viele."

„Du scheinst nicht der Typ zu sein", sage ich und er lacht.

„Oh Süße, viele Leute auf der falschen Seite des Gesetzes sind immer noch auf der richtigen Seite von allem anderen. Der einzige Grund, aus dem ich hier und nicht beim UFC kämpfe, war, dass ich keinen sauberen Sponsor bekommen konnte. Hier kann ich keine Titel und Auszeichnungen gewinnen, aber ich kann einen großen Haufen Geld verdienen, und der Boss behandelt uns gut."

„Aber du musst dich trotzdem mit Drecksäcken herumschlagen." Ich trinke weiter Wasser. Der Sturm aus Tränen und Adrenalin hat mich erschöpft und ausgetrocknet.

„Oh ja. Dave ist kein Preis – er hat es jetzt schon zweimal verbockt. Das erste Mal war, als er eine Gruppe betrunkener College-Studenten nach unten gelassen hat, anstatt nach oben in den Nachtclub, weil sie ihm einen Haufen Geld gezahlt haben. Urteilsvermögen getrübt durch Gier und Jack Daniels. Manche der anderen Sponsoren oder Zuschauer sind korrupte Politiker, Drogenbarone, solche Leute. Oder sie stellen jemand Beschissenes ein oder bringen so jemanden in ihrem Gefolge mit. In der Unterwelt zu arbeiten, es mit fürchterlichen Menschen zu tun zu haben, das ist ein Berufsrisiko."

Ich beiße mir leicht auf die Lippe, während ich zu ihm aufsehe. „Wird Dave ein Problem für mich sein?" Jedenfalls mehr, als er das bereits ist, seine Nachlässigkeit hat mich bisher schon einmal in Gefahr gebracht. Wenn er mich gar nicht erst ins Gebäude gelassen hätte, wäre ich wesentlich wütender.

Jake lacht. „Oh nein. Nicht mit mir, Baby. Dave weiß es besser, als mich herauszufordern, wenn ich einer Lady ein Versprechen gebe."

Er zwinkert und mein Herz hüpft, mein Bauch flattert und ich vergesse ein paar Sekunden lang, wie man atmet. *Er hat mich bereits um den kleinen Finger gewickelt*, realisiere ich und schenke ihm ein wackeliges Lächeln an. „Ich bin froh, Jake. Niemand ... hat bisher so etwas für mich getan."

„Klingt, als hättest du nie einen Freund gehabt, der seinen verdammten Job erledigt hat." Er klingt angewidert von diesen hypothetischen Jungs ... aber ich korrigiere ihn schnell.

„Es ist mehr so, dass ich nie einen Freund hatte."

Alles in mir erstarrt. *Oh Scheiße, warum habe ich das eben gesagt?*

Es erregt seine Aufmerksamkeit, bevor ich weitermachen oder es als Witz abtun kann. Er starrt mich mit leicht aufgerissenen Augen an. „Du verarschst mich. Du bist verdammt hinreißend. Bist du in einer Kolonie aus Blinden aufgewachsen?"

Ich *kichere*. Es kommt aus mir heraus wie Blasen beim Mineralwasser, mit einem Mal, während meine Wangen rot werden und ich ihn nicht mehr ansehen kann. *Scheiße. Was passiert mit mir?*

Zu viel Zeit auf der emotionalen Achterbahn. Die Tiefpunkte, an denen ich fast sechs Monate am Stück festgesteckt habe. Die Höhepunkte sind unbekannt und machen mich desorientiert und atemlos.

„Nein, ich ... hatte nur nie die Zeit." Ich nehme einen tiefen Atemzug und schließe die Augen, während ich mich erinnere. „Meine Eltern waren Broadway-Stars. Meine Mom hat diese

Bühnen-Mutter-Sache gemacht und meine Schwester und mich in dieses Leben gezerrt, also hatte ich ab dem Alter von zehn sowohl einen Job als auch die Schule."

„Du, äh ... warte. Du warst hier in der Gegend auf der Bühne? Wie kommt es, dass ich dich bei keinem Stück gesehen habe?" Er neigt den Kopf und das Licht fängt sich in seinen grünen Augen.

Ich öffne den Mund, um zu fragen, warum ein Kerl wie er die Theater dieser Gegend kennt, dann realisiere ich, dass ich ihn in eine Schublade stecke und erkläre es einfach.

„Weil meine Schwester und ich uns emanzipiert haben, als ich fünfzehn war, und dann bin ich allein zur Synchronisationsarbeit gegangen. Ich habe während der High School meine Privatsphäre gebraucht, und danach gefiel es mir so besser." Ich mag es nicht einmal, an meine erste Zeit in der Industrie zu denken. Aber wenigstens bin ich auf der anderen Seite herausgekommen und zu einem guten Leben gekommen.

Bis Marvin kam. Aber vielleicht habe ich jetzt einen Ausweg. Marvin hat möglicherweise eine Gruppe Menschen aufgebracht, gegen die er sich nicht behaupten kann.

Jake runzelt die Stirn und verarbeitet die Informationen über meine verrückte Jugendzeit, dann kehrt sein schiefes Grinsen zurück. „Na ja, ich kann definitiv sehen, warum du mit einem so verrückten Terminplan keine Zeit für Dates hattest. Aber Dates in der Jugend sind das pure Chaos. Du hast nicht viel verpasst."

Das lässt mich prusten. „Ja, meine Freunde erzählen mir Geschichten. Es klingt alles andere als lustig." Ich bin irgendwie froh, dass er nicht nach dem ganzen Chaos mit meiner Familie gefragt hat.

Ich will meine Stimmung nicht wieder dämpfen, indem ich ausführe, wie meine Mutter meine Kindheit versaut hat, während mein Vater danebenstand. Es ist alles sehr einfach: zu schnell aufgewachsen, meine Eltern verprassten mein Geld, während sie mich dazu drängten, noch mehr zu verdienen, dann habe ich auf die einzige mir bekannte Weise die Kontrolle übernommen. Ich habe diese Jahre bereits weit hinter mir gelassen, genauso wie ich hoffe, es mit Marvin zu tun.

„Ja, ich habe es versucht. Die Sache ist, ich war im Football-Team, also haben alle von mir erwartet, mit den Cheerleadern zu flirten. Du wirst keine kleinkariertere, grausamere Gruppe von Mädchen treffen. Heilige Scheiße." Er bekommt eine Nachricht auf seinem Handy und sieht nach. „Okay, also meine Bekannte wird gleich da sein, um dich in die Arena zu eskortieren. Ich muss bald mit dem Aufwärmen anfangen, ansonsten würde ich es selbst tun." Er zuckt entschuldigend die Achseln.

„Das ist kein Problem." Es ist ein Problem. Ich will mich an ihn klammern wie an einen Schiffsmast während eines Sturms. Aber ich weiß, dass es sowohl dumm als auch eine Überreaktion ist.

Trotzdem, ich hätte mir keine bessere Gruppe von Menschen wünschen können, um mich hinter ihnen zu verstecken.

KAPITEL 5

Josie

Wie sich herausstellt, ist Cynthia eine hübsche, athletische Blondine, die zur Begrüßung grinst, als sie Jake sieht. Meine Gedanken nehmen sofort den Weg eines verknallten Teenagers: *Ist das die Freundin? Die Ehefrau? Ich habe keinen Ring gesehen, aber das hat nichts zu bedeuten ...*

Hör auf, Josie. Du kennst den Kerl kaum und wirst bereits besitzergreifend?

„Hi." Ich erzwinge ein Lächeln und strecke eine Hand aus.

Sie umfasst sie fest, schüttelt einmal und lässt wieder los. „Hey, Kleine. Hab gehört, du hast einen beschissenen Tag. Wie sieht dieses Arschloch nochmal aus, das hinter dir her ist?"

„Eins achtzig, vielleicht hundertdreißig Kilo, zerzaustes rotes Haar und Bart, Trenchcoat, Filzhut, blass, dramatisch." Plötzlich kann ich mich nicht mehr an seine Augenfarbe erinnern. Die Farbe seiner Zähne ist einprägsamer.

Sie sieht meinen Gesichtsausdruck und spannt nickend den Kiefer an. „Niemand wie er wird dir nahekommen, Süße. Ich bin da, bis mein Bro hier gewinnt, seine Dusche bekommen hat und wieder zu dir zurückkann."

Mein Lächeln wird etwas weniger erzwungen. „Danke."

Ich will Jakes Seite momentan nicht verlassen, aber er hat Arbeit zu erledigen – verrückte, gefährliche Arbeit, von der ich nie gedacht hätte, dass ich sie mit eigenen Augen sehen würde. Er lächelt ruhig und selbstsicher, während er uns nachwinkt. Für mich ist es ein Abenteuer, aber für ihn ist es ein gewöhnlicher Dienstagabend.

„Kümmere dich gut um sie, Cyn, ich zähle auf dich."

„Keine Sorge. Ich werde sie dir in einem Stück zurückbringen." Sie sieht zu mir hinab, während sie mich wegführt. „Du siehst ziemlich erschöpft aus. Brauchst du einen Sportdrink oder sowas?"

„Vielleicht. Das Wasser hat geholfen." Ich sehe nur einmal zurück, aber Jake hat bereits seine Tür geschlossen, vermutlich, um sich umzuziehen. „Bist du eine der Kämpferinnen?"

„Ja, der Boss betreibt keinen Sexismus. Besonders da ich fast genauso gut Publikum anziehe wie Jake." Sie lacht, als sie die Anhänger an meiner Handtasche sieht. „Du machst wirklich Stimmen für Videospiele und sowas?"

„Ein wenig. Der Großteil meiner Arbeit ist Anime. Aber leider …" Ich verstumme, denke an Marvin und hoffe, dass er nicht meine Tür eintritt, während wir reden.

„Hast du je daran gedacht, einen Selbstverteidigungskurs zu besuchen?" Sie führt mich zu einem der Fahrstühle und drückt den Knopf.

„Ich habe daran gedacht, mir eine Waffe zu kaufen und an den Schießstand zu gehen", gebe ich zu, woraufhin sie mir einen belustigten Blick zuwirft.

„Direkt dazu? Ich kann es dir nicht wirklich verübeln. Aber Jake und ich könnten dir ein bisschen was beibringen, mit dem du einen solchen Widerling auch ohne Waffe fertigmachst. Wenn du interessiert bist, natürlich." Sie sieht mich von oben bis unten an.

„Er ist ungefähr dreimal so schwer wie ich", merke ich an, aber sie lacht nur.

„Bruce Lee wog dreiundsechzig Kilo und könnte selbst Jake in den Arsch treten, Süße. Es geht nicht darum, wie groß du bist. Es geht darum, wie hart du trainierst." Der Fahrstuhl kommt und öffnet sich, woraufhin wir eintreten. „Da der Großteil seiner Masse keine Muskeln sind, hat er einen ernsthaften Nachteil Leuten gegenüber, die wissen, was sie tun."

Das ist ein paar Nummern zu groß für mich, also kann ich nur nicken und zuhören. Sie lehnt sich an die entgegengesetzte Wand, verschränkt die Arme und sieht mich ernst an. „Aber eins nach dem anderen. Dieser Kerl weiß, wo du wohnst, und er kennt sich ziemlich gut mit Computern und Elektronik aus."

„Das ist richtig. Er ist irgendwie durch eure äußeren Sicherheitsmaßnahmen gekommen. Ich weiß nicht genug über Computer, um herauszufinden wie, aber dieser Ort scheint ziemlich Hightech zu sein, also … das sollte dir einen ungefähren Eindruck vermitteln, warum ich besorgt bin." Ich sehe auf zur Überwachungskamera, in der Hoffnung, dass Marvin mich dadurch im Moment nicht irgendwie anstarrt.

„Verdammter Dave. Weißt du, wir haben es mit ihm versucht, aber als Katie ihn eingestellt hat, hatte ich ein schlechtes Gefühl, und es hat sich genauso entwickelt, wie ich es mir gedacht habe."

Ihr finsterer Blick erinnert mich an den von Jake. „Wenigstens hat er dich reingelassen, als der Kerl dich verfolgt hat."

„Ja." Ich schließe die Augen und lehne mich an die Wand des Fahrstuhls. „Hat er. Und dann ist Jake aufgetaucht und hat den Rest erledigt."

„Du hattest Glück. Lass dir von uns ein bisschen was beibringen, und dann wirst du dich nicht mehr auf das Glück verlassen müssen." Ihre Stimme ist ein wenig härter als Jakes, aber es liegt auch Wärme darin. Sie scheint es gut zu meinen.

Ich öffne die Augen und sehe zu ihr auf, dann nicke ich. „Okay. Ich meine, ihr habt schon so viel für mich getan, aber ... das ist etwas, was ich will. Ich will keine Angst mehr haben."

Sie grinst breit und stößt mich leicht an der Schulter an. „Geht doch. Wir können nach dem Kampf darüber reden, dich einzuplanen. Jetzt lass uns in meiner Garderobe vorbeischauen und dein Make-up in Ordnung bringen."

Ich bin schockiert, als wir dort ankommen, mich diese Walküre von Frau auf ihren Make-up-Stuhl setzt und beginnt, sich wie eine Backstage-Hausmutter um mich zu kümmern. „Du machst dich gut", bemerkt sie, während sie arbeitet.

„Danke. Ich stand als Kind auf der Bühne. Ich habe aufgehört, um zu synchronisieren." Ich zögere, aber ... *was du heute kannst besorgen* ... „Also, wie haben du und Jake euch kennengelernt?"

„Wir trainieren zusammen mit anderen Kämpfern. Der Boss sponsert zehn von uns – vier Frauen und sechs Männer. Wir kämpfen gegeneinander. Wir kämpfen gegen Gäste. Ich habe ihn vor sechs Jahren im Kraftraum getroffen." Sie lacht ein wenig. „Sein Akzent war damals so stark, dass ihn die Leute immer gefragt haben, auf welcher Rinderfarm er aufgewachsen sei.

Dann hat er im Ring jedem mindestens einmal in den Arsch getreten und sie haben aufgehört zu lachen und begonnen, ihm sein Bier zu kaufen."

„Wow." Ich lächle ein wenig – und höre dann auf zu reden, als sie beginnt, meinen Lippenstift aufzutragen.

„Ja. Wie auch immer, wir haben uns schnell gut verstanden, viel voneinander gelernt und er kommt mit meiner Familie klar, also ... so ziemlich mein bester Freund." Sie neigt leicht den Kopf und trifft im Spiegel meinen Blick. „Du verknallst dich nicht bereits in ihn, oder?"

Ich sehe im Spiegel zu, wie mein Gesicht rot wird. „Ä-äh..."

Sie prustet und trägt das Setting-Spray auf. „Das ist ein großes Ja."

Oh Scheiße. Anscheinend weiß ich selbst jetzt nicht, wie man seine Gefühle verbirgt. „Na ja, er hat mich gerettet, und er ist... äh..."

„Heiß", beendet sie den Satz und ich gebe ein unbeholfenes Quietschen von mir, das sie kichern lässt. „Es ist okay. Wenn ich nicht mit Henry verheiratet wäre, hätte ich ihn vermutlich selbst angemacht. Und wenn du spielen willst, na ja... er wird dich gut behandeln."

Ist es möglich, vor Beschämung zu sterben? „Ich weiß nichts übers... Spielen", murmle ich in Richtung meiner Schuhe.

„Oh, wirklich? Na ja, lass ihn das nicht wissen, ansonsten wird er freiwillig anbieten, dir zu helfen. Er hat Freude daran, der Erste einer Frau zu sein." Ihre Augenbrauen zucken kurz. „Oder du könntest ihn einfach nach einem Kampf oder einem großen Training abfangen."

Oh mein Gott. Ich habe ihm mehr oder weniger gesagt, dass ich Jungfrau bin. Aber dann realisiere ich, was sie soeben gesagt hat und schaffe es, zu ihr aufzusehen. „Wie? Wird er nicht müde und verletzt sein?"

„Verletzt? Nicht allzu sehr. Der Kerl ist ein Fels. Müde? Oh, Süße. Zwischen dem Adrenalin und der Hormonausschüttung nach einem guten Training wird er stundenlang oben sein. Wenn du weißt, was ich meine." Ihre Augen funkeln.

„Äh ...?" Tue ich nicht. Und dann tue ich es. Meine Augen werden groß und ich bin für eine Weile stumm, während sie gegen das Lachen ankämpft. *Oh. Oh mein Gott.*

Er bringt mich hiernach in ein Hotelzimmer, während er sich ... so fühlt. Und alles, was ich tun muss, ist ... es anzubieten. Ich schlucke schwer, mein ganzer Körper vibriert vor Aufregung und Verlangen.

Es ist so verlockend. Nicht nur, weil die Chance da ist, nicht nur, weil er mich mag und ich ihn will, nicht nur, weil er die perfekte ironische Rache an Marvin ist, nach allem, was er getan hat. Sondern weil ich die Chance will, in Jakes Armen zu liegen, um friedlich und sicher zu schlafen, wie ich es seit Monaten nicht mehr konnte.

„Ich werde daran denken", piepse ich und sie lacht, während wir uns bereitmachen, ihre Garderobe zu verlassen und unsere Plätze in der Arena zu finden.

Dieser Ort ist so gut schallgedämpft, dass ich schockiert bin, als wir wieder in den Fahrstuhl zurückkehren und ihn gefüllt vorfinden. Die Leute darin sind so unterschiedlich, dass sie aussehen, als würden sie auf unterschiedliche Veranstaltungen gehen. Punk-Rock-Kerle und Athleten verkehren mit reichen Leuten in schicken Anzügen und glitzernden Kleidern.

Cynthia ignoriert sie alle, während sie mit mir über die Kämpfe, ihre Regeln, ihre Vorgaben und das, dem sich Jake heute Abend stellen wird, redet. „Irgendein Kerl aus Thailand. Die bringen ein paar ernsthaft harte Kämpfer hervor, aber ich weiß nicht viel über diesen. Sein Sponsor hat einen Deal mit dem Boss gemacht, dass er als Gast da ist."

„Wie ... gefährlich ist das?", frage ich zögernd, während die Fahrstuhl nach unten rattert. „Jake wurde bei diesen Kämpfen noch nie schwer verletzt, oder?" Er ist stark, er ist mein Held, aber ich will nicht, dass er blutet.

„Jake hat seit zehn Jahren keinen Kampf mehr verloren", antwortet Cynthia schlicht, wobei ihre Stimme noch mehr an Selbstsicherheit gewinnt. „Wenn er irgendwann verliert, dann wird das nicht heute Abend sein."

Ich erinnere mich daran, wie er sich bewegt hat, als er mich gerettet hat. Meine Augen konnten es nicht einmal verfolgen. Ich weiß, dass er sich damit zurückgehalten hat, Marvin wirklich fest zu schlagen, aber es war nur ein einzelner, präziser Schlag nötig, um meinen besessenen, sturen, bösen Angreifer in einen heulenden Haufen Nichtsnutz zu verwandeln.

„Ich glaube dir. Ich habe noch nie gesehen, wie jemand so schnell einen Kampf beendet hat." Der Moment, in dem Jake Marvin dazu gebracht hat, mich loszulassen, fühlt sich immer noch ein wenig wie ein Wunder an.

Der Fahrstuhl spuckt uns an einem schicken Hightech-Eingang mit intarsierten Marmorböden, verspiegelten Decken und riesigen Bildschirmen an den Wänden aus. Die Türen sind aus poliertem Stahl. Ich versuche, nicht zu starren, aber mein Herz hämmert erneut.

Wie lange betreiben sie das hier schon in meiner Nachbarschaft, ohne dass ich es überhaupt weiß?

Normalerweise bin ich ein recht aufmerksamer Mensch. Das ist Teil des Grundes, aus dem ich wusste, wie ich bei der ersten Gelegenheit aus der Schauspielerei herauskomme. Man muss eine gewisse Härte haben, um als Frau auf der Bühne oder den Bildschirmen zu überleben, und so bin ich nicht.

Natürlich wusste ich mit fünfzehn nur, dass ich unglücklich war, aber ich wusste genug, um auf meinen Instinkt zu hören. Jetzt tue ich es regelmäßig und liege fast nie falsch.

Aber dieses Etablissement blieb bei mir völlig unbemerkt, bis mich die Leute hier vor Marvin gerettet haben. *Dieser Boss von Jake ist so clever, dass es mir ein wenig Angst einjagt.* Aber wer auch immer sie sind, ich schulde ihnen auch Dank.

Die Arena ist nicht sehr groß, sie bietet Platz für fünfhundert Menschen auf vornehmen Plätzen. Ich lasse mich auf mein Sitzpolster sinken und blicke den Hang der ringförmigen Arena hinunter zu dem Käfig in der Mitte.

Zwei Maschendraht-Tunnel führen von entgegengesetzten Seiten zu Toren auf jeder Seite des Rings. Der Käfig selbst ist eine riesige Maschendraht-Kuppel, die mit schweren Stahlsäulen verstärkt ist. Trotz der bequemen Sitze hat der ganze Ort ein hartes, industrielles Aussehen: viel gebürsteter Stahl und Nieten, die Kabine des Ansagers liegt auf einer hohen Metallsäule wie ein Kommandoturm.

In der Wand über den normalen Plätzen kann ich eine Reihe von Stadionlogen sehen, jede groß und mit Einwegspiegeln verglast, um die Privatsphäre der sich darin Befindlichen zu schützen. Die größte davon ragt ein wenig über die anderen heraus; ich kann einen großen Schatten am Glas stehen sehen, der sich nicht rührt. „Wer ist da oben?"

„Das ist die Loge des Bosses. Heilige Scheiße. Ich wusste nicht, dass er heute Abend kommt." Cynthia sieht plötzlich besorgt aus. „Dave wird nach dem Kampf schwer was aufs Dach kriegen."

„Der Boss?" Ich spähe zum Glas und erinnere mich an den Respekt, mit dem Jake von ihm gesprochen hat. *Könnte ich ihn vielleicht bezüglich der ganzen Situation mit Marvin um Hilfe bitten?*

„Ja, der Big Boss. Irgendeine Art von Computermilliardär. Das ist eines seiner Lieblingsprojekte – eine private, unerlaubte Liga, die nach seinen Regeln läuft. Die Einsätze ist unglaublich hoch – es werden Millionen auf diese Kämpfe gewettet."

Ich drehe mich zu ihr um. „Ich hoffe, dass die Bezahlung für die Kämpfer auch so hoch ist." Die Maschendrahtwände des Käfigs erinnern mich daran, dass Jake kurz davor ist, sein Leben für die Unterhaltung dieser Menschen zu riskieren.

„Oh ja, der Kerl kümmert sich gut um uns. Er ist allerdings irgendwie ein Einsiedler. Er und sein Gefolge reisen meist in aller Stille." Sie blickt mit gerunzelter Stirn zur Loge. „Fast keiner von uns hat sein Gesicht gesehen – bis auf Jake."

Wie viel weiß er über das, was heute Abend passiert ist? War es *seine* Hand auf dem Knopf, als mich jemand gerade rechtzeitig hereingelassen hat? Weiß er, dass sich Marvin spontan in das Sicherheitssystem des Gebäudes gehackt hat – einmal sogar unter Bewachung?

„Wie ... bringt man eine Nachricht zu ihm?", frage ich, während ich die Gestalt anstarre. „Er muss von Marvin erfahren." Marvin, der gefährlich ist: ein soziopathischer, hasserfüllter Kindskopf mit zerstörerischen Fähigkeiten und ohne jegliche Selbstbeherrschung.

„Durch Jake. Er ist einer der einzigen Jungs hier, die direkt mit dem Boss reden. Normalerweise bekommen wir E-Mails oder

SMS." Sie sieht mich von oben bis unten an, als ich meinen Mantel öffne und meine Handschuhe ausziehe. „Geht es dir besser?"

„Ja." Ich sehe mich erneut um und suche in der kleinen Menge nach Marvin. Keine Spur von ihm. Aber das lässt mich stattdessen nur nach Überwachungskameras Ausschau halten.

Ich kann in der Arena keine finden, und ich weiß nicht, warum. Vielleicht sind sie zu gut versteckt, oder vielleicht gibt es einen guten Grund dafür, keine Aufnahmen der Kämpfe zu machen. Was auch immer der Grund ist, es gibt mir ein besseres Gefühl, keine davon auf mich gerichtet zu sehen.

„Also, warum willst du wissen, wie man mit dem Boss in Kontakt tritt? Ich in mir sicher, dass er durch Jake und Dave die ganze Geschichte erfahren wird." Sie neigt den Kopf in meine Richtung, die Augen direkt auf mich gerichtet.

„Das verstehe ich. Es ist nur ... Ich bin besorgt, dass euer Boss das Problem so auf die leichte Schulter nehmen wird, wie Dave es getan hat." Ich hoffe, dass ihr Boss nicht derjenige war, der die Sicherheit programmiert hat, ansonsten ist er Marvin nicht gewachsen, Milliardär hin oder her.

„Das bezweifle ich ehrlich. Er nimmt die Sicherheit sehr ernst. Wir hatten sehr wenig Probleme. Er ist allerdings ein wenig verzettelt ... niemand hier weiß, wie viele Firmen er tatsächlich besitzt." Sie nickt vor sich hin. „Ja, sag Jake, was du weitergeben willst. Er wird sich darum kümmern."

„Okay." Die Plätze sind fast voll, als ich mich umsehe. Kein einziges bekanntes Gesicht zu sehen – vor allem nicht Marvins. Der Kampf wird definitiv bald beginnen, die Aufregung der Menge ist greifbar, als die große Uhr an der Wand der vollen Stunde immer näher rückt.

Und dann wird Jake gewinnen und sich sauber machen und mich dann allein mitnehmen ... und ich weiß nicht, was dann passieren wird. Aber zum ersten Mal in meinem Leben bin ich wirklich versucht, mit jemandem zu schlafen, den ich kaum kenne. Und das ist gefährlich, unlogisch, vermutlich dumm ... und fühlt sich fantastisch an.

Wenn gut zu leben die beste Rache ist ... dann wünschte ich fast, ich könnte Marvin zusehen lassen. Aber in Wirklichkeit wünsche ich mir, er würde einfach verschwinden.

Von der Polizei festgenommen, von den Wachmännern dieser Arena erschossen, von einem Bus überfahren, von einem Herzinfarkt ereilt, während er sich an seinem *loli waifus* aufgeilt. Es ist mir egal, was es ist. Ich will nur, dass er verschwindet.

Für den Moment jedoch fühle ich mich sicher und aufgeregt und wieder an meinem Leben interessiert – und all das habe ich Jake zu verdanken.

„Also, synchronisierst du wirklich Animes? Für die englischen Versionen? Irgendwelche Charaktere, die ich kenne?" Cynthia scheint aufrichtig neugierig zu sein. Ich nenne ein paar Namen aus verschiedenen Serien, und bei einigen von ihnen nickt sie anerkennend. Aber dann steigt der elegant gekleidete, muskulöse Ansager durch einen versteckten Aufzug aus dem Podium auf und die Menge beginnt zu applaudieren.

Ich lasse das Thema fallen, als er mit dröhnender Stimme spricht, uns alle begrüßt und verkündet, dass der Kampf in fünf Minuten beginnen wird. „Finale Wetten müssen jetzt abgegeben werden, Ladies und Gentlemen. Bitte melden sie jetzt ihre Überweisungen zur Hinterlegung."

Ich sehe mich um, wie alle ihre Handys herausholen, um genau dies zu tun. Ich belasse meins in meiner Tasche – ich habe kein

Geld für Wetten dieser Höhe. Aber es ist interessant, dieser Menge aus reichen Leuten, Prominenten, Künstlern und denen, die verdächtig nach Bikern und Gang-Mitgliedern aussehen, dabei zuzusehen, wie sie alle einen Haufen Geld auf oder gegen meinen Held des Abends setzen.

„Er hat wirklich seit zehn Jahren keinen Kampf mehr verloren?", frage ich erstaunt, als die letzten Wetten platziert und die Lichter gedimmt werden.

„Nicht einen. Das ist Jake. Wenn es eine Sache über ihn gibt, dann die, dass er zuverlässig ist."

Und dann ruft der Ansager seinen Namen, die Musik setzt ein und wir stehen alle auf, um zu applaudieren, als Jake grinsend und winkend durch seinen Tunnel kommt.

Ich starre mit größer werdenden Augen zu ihm hinab. Ich wusste, dass Kämpfer bis auf Shorts und Tiefschutz beinahe nackt in den Ring steigen. Aber ich wusste bisher nicht, wie kräftig Jake unter seiner Kleidung wirklich gebaut ist.

Meine Augen wandern über jede Wölbung und Härte seines prachtvollen Körpers – all diese glänzende, gebräunte Haut, seine breiten Schultern und der runde, feste Hintern unter den schwarzen Satin-Shorts. Mein Blick versucht seinem harten Bauch bis hinunter zu seinem kaum verborgenen Schritt zu folgen. Ich sehe zu, wie sich seine Brust hebt, während er seinen Fans zuwinkt und sich dann umdreht, um den schlankeren, würdevoll schreitenden Gegner anzuerkennen, der durch den Maschendrahttunnel auf ihn zukommt.

Alles, was nötig wäre, um ihn heute Nacht zu haben, ist eine Einladung, denke ich, während sich meine Zehen in meinen Stiefeln krümmen. Ich starre ihn an, als er sich zu seinem Ausgangspunkt bewegt und der andere seine Position einnimmt, wobei ich die wachsende Versuchung spüren kann, ihm eine sehr, sehr eindeutige Einladung auszusprechen, sobald wir wieder zusammen sind.

Aber wage ich es?

KAPITEL 6

Jake

Der schlaksige, dunkelhaarige Kämpfer mir gegenüber ist nicht zum Scherzen aufgelegt. Das ist mir recht – er war höflich und hat der Menge zugewunken, als sein Name genannt wurde, und das reicht aus, um ihre Aufmerksamkeit zu behalten. Aber jetzt geht es los, und Chanchai hier ist nicht nur stumm – er sieht mich kaum an.

Konzentrier dich, Kumpel. Ich will mich nicht so sehr zurückhalten, dass wir keine gute Show abliefern. Es macht keinen Spaß, wenn ich dich schlagen kann, während du kurz davor bist, dein Handy herauszuholen und dir dein Tinder-Profil anzusehen. Oder was auch immer ihn so ablenkt.

Ich bin ein ziemlich geduldiger Mann, aber in letzter Zeit war ich mit meinem Job alles andere als zufrieden. Ich mache einen Haufen Geld, habe viel Sex und genieße die Gesellschaft der meisten meiner Kollegen. Aber obwohl ich mit jedem Ausdruck und jeder Geste Begeisterung zeige ... bin ich mit diesem Kampf bereits ein wenig unzufrieden.

Diese meisten MMA-Kämpfer im Untergrund-Ring hier in den Vereinigten Staaten sind Boxer, Kickboxer und andere Wettkampfsportler, die mit nur der kleinsten Chance legal werden würden. Sie sind daran gewöhnt, nach gewissen Regeln zu kämpfen, wie Gewichtsklassen oder verbotene Regeln. Ich kämpfe seit mehr als zehn Jahren gegen solche Kerle und bin so an ihre Techniken gewöhnt, dass es zu leicht geworden ist, ihnen entgegenzutreten.

Aber viele Untergrundkämpfer kommen aus einer ganz anderen Tradition des Kämpfens im Ring, mit ihren eigenen Regeln und Vorgaben, was sie für mich unberechenbar macht – und zu einer größeren Herausforderung. Deshalb bin ich begeistert, wenn ein Kerl aus einem ganz anderen Teil der Welt gegen mich antritt.

Aber dieser hier tut so, als wäre er noch gelangweilter als ich. Und das macht mich irgendwie wütend. *Komm schon, Mann, gib mir hier etwas, mit dem ich arbeiten kann!*

Auf der anderen Seite bin ich in der perfekten Position, um etwas gegen Unaufmerksamkeit zu tun – indem ich ihm einen Warnschuss gebe. Nichts, was das Spiel beendet, nur genug, um ihn aufzuwecken.

Die Glocke ertönt und wir legen los, umkreisen einander, auf der Suche nach einer Lücke. Ich täusche einen überraschenden Angriff auf ihn vor, er geht unwesentlich zurück, aber seine schwarzen Augen sind mehr auf die Menge als auf mich fixiert. *Das sind nur ein Haufen reiche Arschlöcher, die Wetten darauf abschließen, wer von uns zuerst bluten wird. Ich bin derjenige im Schlagbereich.*

Scheiße, vielleicht leidet der Kerl nur unter Jetlag und ich bin völlig sinnlos verärgert. Ich habe den Ring durch die Sache mit Marvin bereits gereizt betreten. Das ist vermutlich alles, was das hier ist.

Mir ist nicht danach, ihn den ganzen Tag lang zu verfolgen, also setze ich zu einem Schlag in sein Gesicht an, um seine Reflexe zu testen. Und plötzlich, unerwartet – der prachtvolle Mistkerl erwacht zum Leben.

Es ist, als hätte er plötzlich entschieden, dass ich die Mühe wert bin, er weicht dem Schlag aus und versucht sofort, meinen Arm festzuhalten. Er ist schneller, als ich dachte, und sein Griff ist perfekt. Ich lehne mich in seine Bewegung und schaffe es, mich zu befreien, bevor er die Gliedmaße gänzlich lahmlegen kann, aber mein Arm tut trotzdem weh, als ich ihn löse.

Jetzt bin ich an der Reihe, wegzutanzen, auf den Fußballen zu hüpfen, wachsam auf die nächste Überraschung wartend, die der Kerl auf mich loslassen wird. Ich lächle wieder, und nicht nur der Show wegen. *Endlich.*

Chanchai hat jetzt ein Funkeln in den Augen, den Anflug eines Lächelns auf den Lippen. Wovon auch immer er zuvor abgelenkt war – oder von dem er so getan hat, als sei er davon abgelenkt – er hat es aus seinem Kopf verdrängt. Er ist voll dabei.

Die Menge grölt, als wir die ersten Schläge austauschen, wir testen einander und umkreisen uns wieder. Er explodiert mit harten, scharfen Tritten nach vorne und zwingt mich dazu, auszuweichen und Abstand zwischen uns zu bringen. Er scheint von mir nicht zu erwarten, so leicht in die Defensive zu gehen; seine Augenbrauen gehen vor Überraschung leicht in die Höhe.

Bisher bin ich mit klassischen Box-Techniken auf ihn losgegangen. Nichts Besonderes, nichts, das darüber hinaus Fähigkeiten oder Training zeigt. Vielleicht denkt er, ich sei ein einfacher Schläger ohne Tiefe oder Breite in meinen Fähigkeiten. Aber niemand gewinnt zehn Jahre lang jeden Kampf, wenn er so faul ist.

Es braucht perfektes Timing. Ich lasse ihn Energie verbrennen, indem er mich nach hinten an den Maschendraht treibt – dann drücke ich mich hart davon ab, als er sein Bein oben hat, und bringe ihn aus dem Gleichgewicht. Er springt auf die Füße – direkt in meinen Ellbogen.

Ich ziehe den Schlag in letzter Sekunde zurück. Nicht viel, aber genug, um zu wissen, dass er wieder aufsteht. Er landet erneut auf der Matte, die Augen aufgerissen und verblüfft, aber nicht regungslos. Als das Zählen beginnt, steht er bei drei wieder auf, schüttelt es ab und beäugt mich misstrauisch.

Das ist richtig, Kumpel. Ich bin nicht nur ein Schläger. Jetzt gib alles und lass uns diese blutgierigen Arschlöcher unterhalten.

Ich bin ein Stratege. Genau wie mein Gegner. Wir taxieren einander, während wir im Kreis gehen, und die aufgeregte Menge brüllt Vorschläge. Ich blende sie aus und konzentriere alles auf ihn.

Der Mann, der den ersten Schritt macht, hat einen Nachteil, es sei denn, er sagt akkurat einen Schlag des Gegners voraus. Sobald er sich entscheidet, fällt die Unsicherheit über den nächsten Schritt seines Gegners auf ein paar eindeutige Möglichkeiten zusammen. Möglichkeiten für Handlungsabläufe verschwinden.

Währenddessen lehrt jede Handlung deinen Gegner etwas über deine Fähigkeiten, deinen Stil und dein Maß an Aggression. Momentan sind wir uns beide der Tatsache bewusst, dass wir einander unterschätzt haben, und wir sind beide in der Defensive. Aber ich bin mir auch etwas anderem bewusst: all diesen Leuten, die eine gute Show erwarten.

Wenn ich zulasse, dass ihnen zu langweilig wird, dann werden der Boss und ich Verluste anderer Art haben. *Meinetwegen. Das wird vielleicht ein wenig wehtun, aber das ist es wert.*

Ich bin zäh genug, um ein paar Schläge einzustecken. So lange er mich nicht bluten lässt. Ich gewinne diesen Kampf, selbst wenn ich ein paar blaue Flecken kühlen muss, um es gut aussehen zu lassen. Also gehe ich in die Offensive – aber nicht leichtsinnig. Ich lasse es nur so aussehen. Ich gehe hoch mit Tritten zum Kopf und Schlägen auf den Körper. Ich gehe tief, um ihn von den Füßen zu holen, wobei ich mich dazu dränge, nicht zu lange auf derselben Höhe zu bleiben. Er erwartet meine Geschwindigkeit nicht, dafür sehe ich zu groß und massig aus.

Aber solche Annahmen sind nur eine weitere Schwäche, die ich ausnutzen kann. Und ich nutze sie aus – indem ich das Feuer mit einer Salve zurückgebe, die doppelt so schnell und komplex wie seine ist. Ich treffe ein paar Mal. Nichts so gut wie dieser Ellbogen – aber dann gibt er zurück und ich stecke selbst ein paar Schläge ein.

Es geht vor und zurück. Das nächste Mal, als ich treffe, geht er zurück und hält seine Seite, erholt sich aber schnell. Es wird mich etwas kosten, ihn zu erschöpfen. Aber ich will nicht zu früh irgendwelche den Kampf beendende Schläge verwenden.

Die Menge brüllt. Das ist der Teil, den ich am meisten liebe – diese Matronen und Großindustriellen und Regierungsbonzen meinen Namen schreien zu lassen, während sie mich als Kind auf der Straße hätten sterben lassen. Jetzt schwimme ich mit jedem Gewinn in Haufen ihres Geldes, und alles, was es mich kostet, ist viel Schweiß und ein wenig Schmerz.

Die Reaktion meines Gegners darauf, an den Maschendraht getrieben zu werden, ist eine Schönheit, er springt vom Käfig ab und entfesselt einen weiteren Tritt, den ich kaum mit beiden

Unterarmen blocken kann. Er ist hart genug, dass ich schwanke und meine Arme für ein paar Sekunden taub werden. Noch mehr Gebrüll außerhalb des Käfigs. Ich tue mein Bestes, es auszublenden und mich darauf zu konzentrieren, einen Gegenschlag ausführen zu können, bevor er sein Gleichgewicht wiedererlangt.

Während sich meine Arme erholen, wechsle ich den Stil und verpasse ihm stattdessen einen harten Snap-Kick. Sein Kopf kippt gefährlich weit nach hinten und bringt ihn beinahe aus dem Gleichgewicht. Ich sehe ein paar rote Tropfen von seinem Gesicht fliegen, weiß aber, dass es nicht genug ist, um die ‚First Blood'-Regeln zu erfüllen. Stattdessen halte ich weiter auf ihn zu, schleudere einen Ellbogen in seine Brust und versuche dann, ihm die Beine unter ihm wegzutreten.

Er springt zur Seite, um mir auszuweichen und landet auf den Füßen. Wir atmen jetzt beide schwer, schwitzen und spüren das leise Pulsieren sich entwickelnder Prellungen. Käfigkämpfe gehen so lang, bis ein Mann fällt oder genug blutet. Keine Verschnaufpausen. Keine Schonung.

Während wir uns erneut umkreisen, kehren meine Gedanken unaufgefordert zur Konfrontation von vorhin zurück. Dieses beschissene Exemplar eines Mannes, der sich so an Josie vergreift. Ich weiß, dass Cynthia sie irgendwo im Publikum sitzen hat und dass sie sicher und beschützt ist.

Aber das lässt immer noch das Thema ihres Stalkers zurück, den Dave hat entwischen lassen. Er könnte überall sein. In ihrem Haus. Im verdammten Publikum.

Ich muss hiernach dem Boss jedes einzelne Detail erzählen, damit ich nicht riskiere, dass Dave etwas auslässt, um seinen Arsch zu retten –

Plötzlich weiche ich einem Schwinger, gefolgt von einem Spinning Kick aus, als mein Gegner meine Ablenkung bemerkt und versucht, dies auszunutzen. *Scheiße!* Schnell korrigiere ich meinen Fehler und konzentriere mich darauf, seine nächste Lücke zu finden.

Der Boss hat mir einmal gesagt, ich solle dem ganzen Kampf gute fünf Minuten oder mehr geben, um sicherzugehen, dass die Menge das bekommt, wofür sie bezahlt. Mit einem fast garantierten Sieg wäre mein Auftritt ansonsten weniger fesselnd. *Es sind gerade einmal knapp drei Minuten.*

Ich greife ihn an der Taille, während er sich erholt und schleudere ihn über meinen Kopf auf die Matte. Ich höre ihn grunzen. Ich lasse los, springe über ihm auf die Füße und trete nur für eine Sekunde zurück, um zu kontrollieren, wie er sich erholt.

Immer noch da. Er ist auf den Händen und Knien und schüttelt den Kopf; er ist weit offen für einen Tritt in die Rippen, aber ich weiß, dass das den Kampf zu schnell beenden wird. Natürlich täusche ich dem Publikum zuliebe in diese Richtung an, und er rollt sich zur Seite, bevor er wieder aufsteht.

Jedes Mal, wenn ich jetzt einen Gegner hart schlage, muss ich immer danach kontrollieren, ob er nicht auf dem Weg ins Krankenhaus ist oder schlimmer. Es ist nicht nur meine Kraft. Verrückte Unfälle und Überdosen mögen im Ring jetzt vielleicht minimiert sein, aber manche Dinge … bleiben einfach an einem haften.

Außerdem hilft es mir, den Kampf auf diese wertvollen fünf Minuten zu strecken, wenn ich meinem Gegner eine winzige Verschnaufpause gebe.

Ich treibe ihn erneut mit einem überraschenden Angriff und ein paar Schlägen nach hinten, bevor ich ein Knie in seine Körpermitte stoße. Er schafft es kaum, sich rechtzeitig mit dem Aufprall zu bücken, ihm stockt der Atem und ich schlage weiter auf ihn ein, bis er fast wieder am Maschendraht ist.

Von diesem Winkel aus bemerke ich, dass die Loge des Bosses erleuchtet ist und entdecke seine große, schlanke Gestalt in der Nähe des Glases. Er kommt fast immer zu meinen Kämpfen, und heute Abend ist keine Ausnahme. Und wie immer, wenn ich ihn sehe, denke ich daran, was er in der Nacht, in der Billy gestorben ist, zu mir gesagt hat.

Ich verstehe, dass du dir Gedanken machst, möglicherweise einen weiteren Gegner im Ring zu töten. Allerdings war diese Situation ein tragischer Unfall, kein Anzeichen, dass du zu hart gegen deine Gegner bist. Du bist zu großer Gewalt fähig, ja, aber du bist auch dazu fähig, deine Kraft zurückzuhalten. Du darfst nicht das Vertrauen in dich selbst verlieren.

Ich blockiere einen Faustrückenschlag, der sich anfühlt, als hätte Chanchai mit einem Baseballschläger nach mir ausgeholt. Das Muay Thai dieses Kerls lässt meins wie eine blasse Imitation aussehen – aber davon abgesehen, scheint er nicht viel Spielraum in seinen Kampftraditionen zu haben. Der Boss hat mich als Generalisten trainieren lassen: Ich bin in nichts ein lebenslanger Spezialist, aber die Männer, die mich trainiert haben, kamen aus allen Teilen der Welt.

Muay Thai-Kämpfer tendieren dazu, ihr Gewicht auf ihr hinteres Bein zu geben und mit den anderen drei Gliedmaßen anzugreifen. Außerdem nehmen sie eine hohe Haltung ein. Der Grund, aus dem ich ihn mühelos über mich schleudern konnte, bestand in meinem Wrestling-Training, das mich dies ausnutzen ließ. Aber im Moment bedeutet die relative Bewegungslosigkeit dieses belasteten Beins, dass er jedes Mal, wenn ich ihn in Bewegung halte, nicht seine ganze Kraft in die tödlichen Tritte des Muay Thai geben kann.

Halte ihn in Bewegung. Lass ihn arbeiten, um einen Treffer zu landen. Ich wechsle zu Karate und nutze meine Fußarbeit, um ihn davon abzuhalten, mich von unten anzugreifen oder mich zu treten. Er keucht jetzt stärker, da seine energischen Angriffe langsam ihr Tribut fordern. Ich bin auch müde und es schmerzt, wo er mich getroffen hat, aber wenigstens habe ich den Rausch eines guten Kampfes.

Ich nutze unser nächstes Starren als Chance, um meine potenziellen nächsten Züge zu planen. Wir haben noch ein paar Zusammenstöße vor uns, bevor ich ihn niederschlagen und mit meiner Nacht weitermachen kann. Ich will bereits eine Dusche, nachdem ich mit ihm unter diesen heißen Lichtern gekämpft habe. Und danach ... kann ich Josie wiedersehen.

Mein Gegner zieht sein Bein unter mich durch und lässt mich hochspringen – dann lässt er seinen seitlichen Tritt los, der mich aus dem Gleichgewicht bringt. Jetzt bin ich wütend.

Ich gehe nach unten, springe in einen Handstand und trete nach ihm, wobei ich ihn erneut hart nach hinten treibe. Aber es ist Muay Thai, also weiß er natürlich, wie er aus der Schusslinie kommt, bevor er getroffen wird.

Eigentlich gefällt es mir, dass er mich arbeiten lässt. Der Boss sorgt normalerweise dafür, gute Kämpfe zu arrangieren, aber dieser hier ist außergewöhnlich. Chanchai hat ein paar Schläge auf mich losgelassen, die ich zuvor bisher nur auf Video gesehen habe.

Ich wünschte nur, wir hätten eine gemeinsame Sprache, damit ich ihn fragen könnte, ob er zusammen trainieren will, während er in der Stadt ist. Ich bin mir sicher, dass mich dieser Kerl weiterhin auf neue Arten herausfordern wird. Ausnahmsweise habe ich tatsächlich Spaß.

Ich erwische mich immer noch dabei, wie ich mich frage, wie es Josie und Cynthia geht. Ich war mir sicher, dass sie sich verstehen würden, und das schienen sie auch, als sie gemeinsam gegangen sind. Aber ich weiß nicht, was Josie nach dem Kampf von mir denken wird. Oder ob sie für die Dinge bereit ist, die ich liebend gern mit ihr tun würde.

Ein kurzer Blick auf die Fußsohle meines Gegners zwingt mich dazu, mich gerade rechtzeitig zu ducken, um mir nicht die Nase zertrümmern zu lassen. *Schon wieder abgelenkt.* Was ist heute Abend mit mir los?

Aber ich weiß es. Es ist die hübsche kleine Josie und die Krise, die sie in mein Leben gebracht hat. Es ist die großäugige, beinahe verehrende Art, auf die sie mich ansieht. Es ist die Aussicht darauf, die Nacht mit ihr zu verbringen.

Erst muss ich diesen Kerl erledigen, erinnere ich mich ein wenig genervt. Und so greife ich bei seinem nächsten Kick sein Bein und halte es fest, dann nutze ich es, um ihn mit dem Gesicht zuerst auf die Matte zu drehen.

Diesmal bleibt er bis zur Zahl fünf unten und kommt mit Blut an einem Nasenloch wieder nach oben. Immer noch nicht genug. Aber ich habe ihn eindeutig besorgt – und besorgt bedeutet aggressiv.

Und aggressiv bedeutet Fehler. Und dreißig Sekunden später macht er einen großen.

Er geht komplett in die Offensive, ich weiche aus, lenke um, manchmal blocke ich seine Schläge und lasse ihn auf mich einschlagen und sich weiter erschöpfen. Nur ein paar seiner Versuche treffen tatsächlich und lassen meine Unterarme, Oberschenkel und eine Wange schmerzen. Ich gebe so gut zurück, wie ich es bekomme, während die Menge auf der anderen Seite des Maschendrahts wahnsinnig wird.

Fünf Minuten. Zeit, Feierabend zu machen und eine hübsche Lady zu besuchen. Entschuldige, Kumpel.

Chanchais Wut und Frust vermindern seine Fähigkeiten nicht, aber seine Aggression hinterlässt Löcher in seiner Abwehr. Ich warte auf meine Chance, als er darum kämpft, einen richtigen Schlag anzusetzen. Dann bleibt er für den Bruchteil einer Sekunde offen – und ich treffe ihn mit der Handfläche direkt unter dem Kiefer.

Der erschrockene Ausdruck in Chanchais Gesicht verblasst, als sein Kopf nach hinten knickt und er rückwärts auf die Matte fällt. Ich weiß, dass er k.o. ist, bevor das Zählen überhaupt beginnt. Ich starre genau auf seine Brust und sehe, wie sie sich normal hebt und senkt. Er wird einen schmerzenden Kiefer und blaue Flecken haben, aber es geht ihm gut.

Dann erreicht der Schiedsrichter die Zehn und verkündet mich als den Gewinner, woraufhin ich die Arme in die Luft reiße, während die Menge brüllt.

„Applaus für Jake Ares, unseren ungeschlagenen Champion!"

Ich sehe mich im Publikum um und entdecke Josie, die mit den anderen aufgestanden ist und mich mit großen Augen anstarrt. Cynthia jubelt neben ihr, aber ich kann mich nur auf sie konzentrieren.

KAPITEL 7

Jake

Ich vibriere vor Adrenalin und Endorphinen vom Kampf und kann nicht wirklich spüren, wie es mich strapaziert hat, bis ich in meine Garderobe zurückkomme und meine ersten Schlucke eines Sportdrinks trinke. Normalerweise mag ich das Zeug nicht einmal, da es für mich wie schwache, fruchtige Spucke schmeckt. Aber wenn ich brauche, was darin steckt, dann schmeckt es fantastisch und ich kann nicht genug bekommen.

Sobald die Flüssigkeiten und Elektrolyte meinen Körper erreichen, schlucke ich das Zeug plötzlich gierig herunter. *Oh ja. Dieser Kerl hat mich arbeiten lassen.* Ich nehme eine zweite Flasche mit in mein Badezimmer und leere sie ebenfalls, bevor ich unter die Dusche gehe.

Sobald mich das heiße Wasser trifft und sich meine Muskeln entspannen, macht mein Körper seine üblichen Veränderungen nach dem Kampf durch. Ich werde mir des leichten Schmerzes bewusst: meine Unterarme tun weh, meine Muskeln brennen, jede Stelle, wo Chanchai mich getroffen hat oder wo ich vom Boden und dem Maschendraht abgeprallt bin, pulsiert dumpf durch die sich entwickelnden blauen Flecken. Meine Fingerknöchel und meine Füße spüren es auch ein wenig, aber meiner Handfläche geht es gut.

Der Schlag auf den Kiefer ist Teil meines Krav Maga-Trainings. Es gibt eine Stelle an der Unterseite des Kinns, die einen Kerl mit minimalem Krafteinsatz umfallen lässt, wenn man sie richtig trifft.

Die Handfläche wird durch stumpfe Gewalteinwirkung nicht so leicht verletzt, also ist es eine Win-win-Situation. Er bekommt vielleicht nicht einmal einen blauen Fleck.

Ich habe meine Karriere damit begonnen, hart zuzuschlagen, und der Kerl ist gestorben. Jetzt schlage ich clever zu und die Kerle gehen k.o., aber ich tue mein Bestes, dafür zu sorgen, dass sie gehen und wieder trainieren können. Wenn ich erneut töte, dann wird es absichtlich sein, weil ich keine andere Wahl hatte – und es wird weit außerhalb des Rings stattfinden.

Während ich mich schrubbe und das Adrenalin nachlässt, bleiben mir die Endorphine und Hormone, die meinen Körper durchströmen. Meine Haut kribbelt, als wäre ich high, und mein Schwanz steht steif hoch, steinhart und überempfindlich. Das macht es schwierig, mich zu bücken und meine Zehen zu waschen.

„Scheiße. Gut. Meinetwegen." Ich gebe ein wenig Feuchtigkeitscreme auf meine Handfläche und nehme meine Erektion in die Hand, damit ich mich fertigmachen kann und tatsächlich in eine saubere Hose passe. *Nicht, als würde das sonderlich lange dauern.* Normalerweise bin ich stolz darauf, es aushalten zu können, aber meine erste Nummer nach Kämpfen ist sowieso immer hoffnungslos schnell.

Umso mehr Grund dazu, es hinter mich zu bringen, bevor Josie auftaucht. Wenn sie auf mich steht, dann will ich es lang genug aushalten, um ihr eine schöne Zeit zu bereiten. Wenn sie nicht auf mich steht, dann wird der unangenehme Ständer zum Problem.

Ich versuche, an den Groupie des Nachmittags zu denken: das gute Betthäschen mit schlechtem Charakter, das meinen Schwanz wie ein Champ genommen hat. Sie wollte es ‚hart', also musste ich mich nicht so sehr zurückhalten wie sonst. Mein Hintern brennt ein wenig, als der Wasserstrahl darauf trifft: Nagelspuren ihrer schicken Maniküre.

Aber als ich die Augen schließe, an sie denke und versuche, mich an ihren Körper an meinem und ihre heisere Stimme zu erinnern, die in mein Ohr stöhnt, steigt die Unzufriedenheit, die ich nach unserem Zusammentreffen gespürt habe, in mir auf, um mich zu verfolgen. Diese namenlose Frau, die mich in Mallorca als ihr Sexspielzeug haben wollte. Als könnte man mich kaufen.

Ich versuche, Begegnungen mit anderen Frauen heraufzubeschwören ... aber es sind alles Abwandlungen derselben Sache. Sie wollten meinen Ruhm und meinen Schwanz in ihrem Leben, scherten sich aber einen Dreck um mich. *Und sie haben mich eindeutig nie so angesehen, wie es dieses süße Mädchen tut.*

Meine fieberhaften Gedanken kehren wieder zu Josie zurück. Dieser Blick, den sie mir zugeworfen hat, nachdem ich sie gerettet habe. Derselbe Blick, den sie mir in der Arena durch den Maschendraht hindurch zugeworfen hat. Diese beinahe verehrende Überraschung.

Ich will es erneut in ihrem Gesicht sehen, während sie unter mir bebt. Ich will, dass sie sich an mich klammert, vor Lust wimmert und um mehr fleht. Und während ich mir diese Vorstellungen erlaube, trifft mich mein Höhepunkt und ich stöhne durch die

Zähne hindurch, bevor ich erleichtert an der Wand zusammensacke.

Sehr vorübergehende Erleichterung. Meine Haut kribbelt immer noch und ich denke immer noch fast obsessiv an Sex. *Sex mit Josie. Die denkt, ich sei ihr verdammter Held.* Ich werfe meine Kleidung für das Hausmädchen in den Wäschekorb und wickle mir ein Handtuch um die Hüfte, als mein Handy mit dem Klingelton des Bosses ertönt. *Scheiße.* Ich renne aus dem Badezimmer und nehme sofort ab. „Hey, Boss, tut mir leid, dass ich dich habe warten lassen."

„Exzellenter Auftritt heute Abend", erwidert die ruhige, kultivierte Stimme mit ihrem Baltimore-Akzent. „Ich bemerke, dass du deine Schläge immer noch zurückziehst."

„Ja, Sir." Ich bleibe ruhig. Ich bin nicht derjenige, der es heute Abend verbockt hat, und ich weiß, dass ich nicht in Schwierigkeiten stecke. *Aber das kontrolliere ich besser.* „Ist das ein Problem?"

„Nicht besonders. Du hast es kreativ gehalten und nicht zugelassen, dass er deine Sorge um Sicherheit ausnutzt." Ich höre das leise Geräusch, als er sein Likörglas abstellt. Er hat es immer bei sich und nippt sehr langsam an einem seiner sehr ausgefallenen Liköre. Der Kerl hat eine der elegantesten Vorlieben für Süßes, die ich je gesehen habe.

„Okay, ich wollte es nur wissen. Also, wie kann ich dir heute Abend helfen?" Ich bin mir ziemlich sicher zu wissen, was es ist. *Dave, du armer, dummer Mistkerl.*

„Die junge Dame, die du vorhin gerettet hast. Ist sie sicher?" Es liegt sogar ein Anflug von Dringlichkeit in seiner normalerweise ruhigen Stimme.

Es überrumpelt mich. Ich weiß, dass der Boss Ehre hat, und ich weiß, dass er irgendwo hinter diesem spießigen Äußeren ein

Herz hat, aber ich habe von ihm kein so ritterliches Benehmen erwartet.

„Es geht ihr gut, Boss. Cynthia bringt sie bald zu mir nach unten. Ich wollte sie ins Hotel bringen. Wäre das ein Problem?" *Kennt er Josie irgendwoher?*

Das Seltsamste am Boss ist, dass er, so zurückgezogen und privat er auch lebt, immer alles über jeden zu wissen scheint. Manche der Jungs denken, er sei übernatürlich.

Andere schreiben es seinem mysteriösen Stellvertreter zu, einem völlig anonymen Hacker namens Prometheus.

Ich denke nur, dass er verdammt clever ist und all die richtigen Beziehungen hat, um ihm die Informationen zu beschaffen, die er braucht. Außerdem hat er mehr Gespür als jeder Kerl, den ich je getroffen habe – auch mehr als jede Frau. Ich würde nicht gegen ihn pokern, so viel ist sicher.

„Ich öffne das zweite Penthouse für dich. Besorg dir ihre Adresse. Ich werde ein Sicherheitsteam hinschicken, um nachzuforschen. Dieser Mann muss gefunden werden." Er klingt … genervt. Das ist auch neu für ihn. Normalerweise ist er so gelassen und ruhig wie ein steinerner Buddha während eines Sturms.

„Klasse. Dann hole ich den Schlüssel an der Rezeption ab. Willst du direkt mit ihr sprechen? Es stört mich nicht, Informationen weiterzugeben, aber sie wollte sichergehen, dass du alle Informationen über diesen Marvin bekommst."

Ich kann Schritte hören, die auf meine Tür zukommen und blicke über meine Schulter in diese Richtung. Ich trage immer noch lediglich mein Handtuch. *Oh, was soll's. Dann bekommen die Ladys eine kleine Show.*

„Das wird an diesem Punkt nicht nötig sein. Sie ist vermutlich sehr müde. Nur ihre Adresse und Marke und Modell ihres Autos. Das sind die Orte, an denen er wahrscheinlich sein wird."

„Sie sagte, sie lebt auf der anderen Seite des Hintereingang. Ich nehme an, es ist eines der Lofts." Jemand klopft an die Tür und ich rufe: „Bin gleich da!"

„Der Loft-Komplex. Und das Auto?" Ich kann das schnelle Klappern einer Computertastatur in der Leitung hören.

„Das hat sie nicht gesagt, aber ich nehme an, es ist das kleinste, süßeste Ding auf dem Parkplatz." *Genau wie sie.*

„Hmm." Weiteres Tippen. „Ich sehe einen pinkfarbenen VW Käfer auf dem Parkplatz dieses Wohnblocks. Auf der Tür scheint die Cartoonzeichnung einer Bärenkatze im Kleid zu sein."

„Das ist definitiv ihr Auto." *Warum lächle ich so viel? Ich weiß noch nicht einmal, ob sie mich überhaupt will.*

Aber ich bin mehr als hoffnungsvoll.

Der Boss hustet leise und ich höre ein Piepen. „Danke für deine Hilfe. Ich kann ihre Kennzeichen kontrollieren und den Rest ihrer Informationen dadurch beschaffen. Wenn Marvin sie durch diese Informationen stalkt, dann können wir seine nächsten Züge vorhersagen. Hab einen schönen Abend. Nimm dir die nächsten drei Tage, um nach dem Mädchen zu sehen. Lass sie nicht allein. Ich werde dir einen Bonus sowie ein Gehalt für alle Unkosten zukommen lassen."

Das ist eine weitere Überraschung. „Danke, Sir. Gibt es sonst noch etwas?"

„Ja. Ich werde in dieser Angelegenheit Prometheus hinzuziehen. Du wirst vielleicht Nachrichten bekommen. Beantworte sie sofort, es sei denn, du kümmerst dich gerade um die Bedürfnisse unseres Gasts." Mehr Tippen. „Hast du irgendwelche Fragen."

„Nur eine. Was wird mit Dave geschehen?" Vielleicht ist es Sensationsgeilheit. Vielleicht ist es nur, damit ich es Cynthia und Josie sagen kann, wenn sie fragen.

„Ich werde nach einem nächtlichen Sicherheitschef suchen." Keine Einzelheiten. Seine Stimme ist wieder zu ihrer üblichen Eintönigkeit zurückgekehrt. „Wenn du dich für die Stelle bewerben willst, lass es mich am Morgen wissen."

Er beendet den Anruf, das Geräusch seines Tippens wird mittendrin unterbrochen.

Er ist noch mehr darauf aus als ich, dieses Arschloch Marvin zu finden. Ich frage mich, ob es daran liegt, dass er das Sicherheitssystem des Gebäudes geknackt hat. Das schockiert mich, genau wie der Bonus und sein Angebot. Ich bin mir nicht sicher, aber es fühlt so an, als würde der Boss all das persönlich nehmen.

Was Dave angeht ... ich habe das Gefühl, dass ich ihn nicht wiedersehen werde. Mir gefällt nicht, was das vielleicht bedeutet, aber ich werde kein verdammtes Wort darüber verlieren.

Ich lege mein Handy hin und gehe zur Tür, um die Damen hereinzulassen. „Hey. Tut mir leid, dass ich euch habe warten lassen."

Beide sehen mich einmal von oben bis unten an und Josie wird wieder rot, während sie die Augen aufreißt. Cynthia grinst nur.

„Hey. Ich muss mich mit meinem Mann zum Frühstück treffen, bevor er seinen Flieger nimmt, also werde ich euch zwei allein lassen. Gute Nacht."

Ich lächle Josie verschmitzt zu, die schluckt und mich erneut von oben bis unten ansieht. „Entschuldige. Der Boss hat angerufen, als ich aus der Dusche gekommen bin. Komm rein ... du kannst im Wohnzimmer warten, während ich mich umziehe."

Sie zögert, rehäugig und schüchtern, dann nickt sie und kommt herein.

UNTERBRECHUNG

Carolyn

Mein Handy weckt mich aus meinem tiefen Schlaf. Ich greife blind danach und klappe es auf. Ich realisiere, dass mich Daniels aufgeregt anschreit, bevor ich ein spätes „Hallo?" herausbringe.

„Moss! Bewegen Sie Ihren Hintern, sie verdammter Glückspilz! Wir hatten gerade einen riesigen Durchbruch in Ihrem Fall!" Er ist beinahe manisch aufgeregt. „Sie müssen die gottverdammte Festnahme durchführen, bevor die örtliche Polizei Ihren Kerl schnappt. Ich lasse Ihnen durch einen unserer Techniker die Infos per E-Mail zukommen."

„Moment, was?" *Setzen Sie mich bewusst auf aussichtslose Fälle an oder versuchen Sie sich durch mich einen Namen zu machen – oder irgendwie beides?* Ich dachte immer, seine Gründe, mich auf diese fünf Männer anzusetzen, bestünden aus Rauche dafür, dass ich nicht mit ihm schlafen wollte. Aber sowohl Prometheus und seine eigenen gemischten Handlungen sagen, dass es komplizierter ist.

Vielleicht hat Daniels eine Impulskontrollstörung. So wirkt es momentan jedenfalls. Ich unterdrücke ein Gähnen und den Drang, etwas Sarkastisches zu erwidern.

„Wir haben eine Adresse für die illegale Arena, wo dieser Kerl kämpft! Die Polizei wird sie um sechs Uhr heute Morgen durchsuchen. Sie müssen zuerst dort sein und hineingelangen!"

Adrenalin durchstürmt meinen Körper und ich setze mich auf. *Oh Scheiße!* „Okay, Sir, ich werde meine E-Mails kontrollieren und mich auf den Weg machen."

„Tun Sie das. Versauen Sie das nicht." Er legt auf, und das Erste in meinem Kopf ist *Prometheus*.

Ich nehme mein Laptop und öffne die E-Mail der Außendienststelle, dann öffne ich einen sicheren Chat mit Prometheus.

Bist du wieder online?

„Bitte sei da. Ich bin gänzlich ohne Verstärkung." Ich überfliege die E-Mail und ihre Anhänge. Irgendjemand hat anonym Daten an die Außenstelle Detroit geschickt, die es wiederum an Daniels weitergeleitet hat, dank meiner Anrufe. Sie sind nicht bereit, mit der Polizei zu vermitteln, zu unterbesetzt.

Es sind viele Informationen. Nicht nur die Akten über Jake Ares, die ich bereits habe, sondern verschiedene Fotos aus dem angeblich Inneren der Anlage, von der der Versender behauptet, sie beherberge die Arena. Allerdings keine Fotos der Arena selbst.

Eine winzige Alarmglocke schrillt in meinem Hinterkopf und meine Augen werden schmal. *Jemand hat behauptet, die Arena sei unter dieser Adresse, präsentiert aber keinerlei direkte Beweise dafür? Irgendetwas stinkt.*

Außerdem gibt es ein kurzes Überwachungsvideo von Ares, wie er einem nicht identifizierten Mann ins Gesicht schlägt. Darauf konzentriere ich mich – und genau in diesem Moment bekomme ich meine Antwort von Prometheus.

Ich bin hier. Geht es dir gut?

Ich lächle vor Erleichterung, während Wärme meinen Körper durchfährt.

Es geht mir gut, aber ich bin unterwegs. Jemand hat eine große Menge Informationen über Jake Ares an das FBI und die örtliche Polizei gegeben, und die Polizei von Detroit plant um sechs Uhr eine Razzia. Ich muss vorher hinein. Kannst du helfen?

Es folgt eine lange Pause. Dann klingelt unerwartet mein Handy.

Als ich abnehme, sagt eine tiefe, kultivierte Stimme mit leichtem Maryland-Akzent: „Carolyn?"

Mein Atem stockt und meine Augen werden groß. „Prometheus?", flüstere ich.

„Ja", schnurrt er zur Antwort, und diese wunderschöne Stimme liebkost meine Ohren. Ich kann es bis hinunter in die Zehen spüren. *Was passiert mit mir?* „Es war an der Zeit, dass wir direkt miteinander reden."

„Was hat das hier veranlasst?" Mein Herz schlägt so schnell, dass ich seine Antwort fast nicht höre. „Wie bitte?"

„Ich sagte, dass dieser ‚Durchbruch im Fall' eine völlige Zeitverschwendung ist und nur zu Beschämung führen wird, falls du ihm folgst." Er klingt leicht bedauernd. „Ich entschuldige mich dafür, der Überbringer schlechter Nachrichten zu sein."

Hat Prometheus irgendetwas damit zu tun? Ich habe ihm noch nicht einmal irgendwelche Informationen geschickt! „Also wusstest du bereits von dieser Situation."

„Ja." Ich höre das Klirren von Kristall und ein schlürfendes Geräusch. „Es ging über meinen Tisch, kurz nachdem es der örtlichen Polizei zugespielt wurde. Ich habe Detroit sehr gut abgedeckt."

Es lässt mir einen Schauer über den Rücken laufen. *Er ist hier. Er ist in Detroit. Ich bin mir sicher.* Und das Ausmaß seiner Fähigkeit, Informationen zu beschaffen, ist wesentlich größer, als ich dachte.

Ich frage mich, wie gefährlich er wohl wäre, wenn er keine Moral hätte. „Was ist mit den Aufnahmen von Ares, wie er einen Kerl verprügelt?"

„Die Behauptungen sind fingiert und das Video in falschen Kontext gesetzt. Es sind Überwachungsaufnahmen von Mr. Ares, wie er eine junge Frau vor dem Mann beschützt, den er schlägt. Es ist ein Ausschnitt eines wesentlich längeren Videos, das ich dir schicken werde." So ruhig. Seine Stimme beruhigt mich ein wenig, aber ich bin trotzdem beunruhigt.

„Aber der Angriff hat an dieser Adresse stattgefunden." Das erinnert mich an etwas. Ich öffne die Akte über Ares und beginne, nach den Informationen über seinen Arbeitsplatz zu suchen.

„Ja, da er von einem Nachtclub im ersten Stock als Security eingestellt ist. Der Mann im Video hat seine Geliebte gestalkt, und sie ist auf der Suche nach Schutz zu ihm gelaufen."

Momente später bestätige ich es: die der Polizei von dem anonymen Informant zugespielte Adresse ist die Adresse des Iron Pit-Nachtclubs. Wo Jake Ares einen völlig legalen Job hat. *Aber wer ist der andere Kerl in dem Video?*

„Mach dir nicht die Mühe, die Adresse zu besuchen. Die Polizei wird dort nichts Bedeutungsvolles finden und bald dem Mann nachgehen, der für den falschen Bericht verantwortlich ist." Seine Stimme ist überraschend nett. „Carolyn, vertrau mir. Unterbrich deinen Schlaf nicht länger."

„Ist das das Werk des anderen Hackers? Dieser YokaiPrince?" Ich kann immer noch nicht glauben, dass ich nach fast einem Monat des Kontakts tatsächlich mit dem mysteriösen Prometheus spreche.

„Marvin Ackerman, rechtlich von Marvin Ecklund geändert, Alter achtunddreißig, ist ein gewalttätiger, zum Hacker gewordener Serien-Sexualstraftäter, der momentan die Geliebte von Mr. Ares stalkt. Ich werde dir die Details schicken. Ich versichere dir, dass seine Festnahme der öffentlichen Sicherheit wesentlich zuträglicher sein wird als die von Jacob Ares."

Ich denke über all das nach, nehme es ihm aber immer noch nicht ganz ab. „Warum will er diese Adresse mit hineinziehen."

„Weil er gewaltsam des Geländes verwiesen wurde, und weil Mr. Ares eingeschritten ist, als er Ares' Geliebte angegriffen hat." Im Hintergrund klappert eine Tastatur.

„Oh, ich verstehe. Also ist das ein Racheakt auf Seiten Ackermans." *Unbedeutender Mistkerl.*

„Ja, und ich fürchte, dass die Polizei aufgrund dessen ein wenig Demütigung erfahren wird. Du wirst dir Zeit und Mühe sparen und dein Gesicht wahren, indem du zu Hause bleibst. Aber ich werde sichergehen, dass du Mr. Ackerman für die Verursachung all dieses Ärgers festnehmen kannst."

Ich halte mich davon ab, ihn zu fragen, ob ich nur seine schmutzige Arbeit dabei erledige, einen lästigen Rivalen loszuwerden. Er hat mich noch nie zuvor falsch gelenkt. „Gut", sage ich schließlich. „Schick mir alles, was du hast und wir machen einen Deal."

KAPITEL 8

Josie

Jake hat gerade in nichts als einem Handtuch die Tür geöffnet. Zurückgelassen von einer verschmitzt lachenden Cynthia zögere ich. Er schließt die Tür, schließt sie ab und dreht sich mit einem Lächeln zu mir um.

Ich brauchte meine ganze Willenskraft, um in sein Gesicht zu sehen. Nicht auf seine mächtige Brust, die nach seiner Dusche immer noch feucht glänzt. Nicht auf seine wunderschön tätowierten und geformten Arme.

Nach einem Moment kann ich wieder sprechen. „Das war unglaublich. Danke für die Einladung", quietsche ich fast.

Er lächelt sanft. „Ich wollte, dass du siehst, was ich tue, wenn ich nicht gerade reizende junge Damen vor stinkenden Arschlöchern beschütze." Er macht keine Anstalten, in Richtung des Badezimmers zu gehen, als ich zur Couch gehe. Stattdessen folgt er mir, nah genug, dass ich die von ihm ausgehende Wärme spüren kann.

„Es war fantastisch. Geht es dir danach gut?" Mein Blick wandert zu einem seiner Unterarme. Selbst unter den Tattoos werden die blauen Flecken sichtbar.

Er grinst nur und zuckt die Achseln, bevor er zu dem Minikühlschrank in der Ecke geht und einen Sportdrink herausholt. „Ein weiteres Berufsrisiko. Wie fühlst du dich?"

„Mein Gesicht tut nur ein bisschen weh", gebe ich zu. „Ich habe es während des Kampfes kaum gemerkt."

„Das ist gut. Na ja, also haben wir beide ein wenig Schmerzen, und mir gefällt nicht, wie wir uns kennengelernt haben, aber –"

„Mir gefällt es", unterbreche ich ihn und er blinzelt, bevor sich in seinen Augenwinkeln Fältchen bilden. „Du hast mich gerettet", erkläre ich. „Niemand tut das. Die meisten gehen einfach vorbei, während jemand anderes verletzt wird."

Er schluckt und seine Brust bebt. „Ich glaube, du verklärst das ein wenig. Aber … du weißt, dass ich es jederzeit wieder tun würde." Dieses Funkeln ist wieder in seine Augen zurückgekehrt – nur jetzt ist es fast wie ein durchgehendes Schimmern, wie glühende Asche, die wieder zum Leben erweckt wird. „Und auch nicht nur, weil ich dich so gern mag."

Ich blicke schüchtern nach unten, mein ganzer Körper hat sich durch sein Versprechen erwärmt. Ich habe das Gefühl, als würde ich gleich vor Glückseligkeit über dem Boden schweben. Aber dann bemerke ich etwas, das mich noch atemloser macht.

Ich kann den klaren Umriss seiner Erektion unter dem Handtuch sehen. Sie schwillt an, wird hart … richtet sich auf, als er erregt wird.

Wegen mir.

Dieser fantastische, heiße, zuvorkommende Mann will mich. Und doch bleibt er stumm und berührt mich nicht. *Es ist wirklich so, wie Cynthia gesagt hat.*

Ich sehe ihm ins Gesicht. Er betrachtet mich ruhig. „Jake?", frage ich sehr leise.

„Ja." Seine Stimme ist ein wenig heiser.

„Mache ich dich an?"

Obwohl ich mir fast sicher bin, dass ich die Antwort bereits kenne, brauche ich all meinen Mut, um die Frage laut zu stellen.

„Oh ja." Er nimmt einen zittrigen Atemzug und sieht mich aufrichtig an. „Kleine Lady ... sag nur das Wort und ich gehöre dir, bis du entscheidest, mich loszulassen."

... Oh.

Ich presse die Oberschenkel zusammen und unterdrücke ein leises Wimmern. Aber dann strecke ich eine zitternde Hand aus ... und fahre sanft mit den Fingern über seinen warmen, harten Bauch.

Er gibt ein tiefes, melodisches Stöhnen von sich. Ich tue es erneut, erkunde seine Brust und er steht keuchend und bebend da, lässt aber zu, dass ich jeden Zentimeter von seiner Taille bis zu seinen Schultern berühre. Meine linke Hand schließt sich meiner rechten an, während er stillhält, leise atmet und ein erstaunliches Seufzen der Lust von sich gibt.

„Siehst du, was du getan hast?", murmelt er, als die Wölbung unter seinem Handtuch wächst. Ich sehe zu, wie sie größer wird. Meine Augen werden groß, sie sieht riesig aus. „Oh Baby", schnurrt er. „Du hast mich steinhart gemacht."

„Nur durch die Berührung?" Meine Fingerspitzen gleiten über seinen Arm zu seinem Handrücken, dann über seinen Bauch. Er wirft den Kopf zurück und murmelt ein leises „Oh", die Augen vor Lust zugekniffen.

„Du hast keine Ahnung, was du mit mir machst." Seine tiefe Stimme hat jetzt einen atemlosen Unterton. „Ich kann mich nicht daran erinnern, je glücklicher darüber gewesen zu sein, herauszufinden, dass eine Frau mich will."

Mein Herz wird leicht und ich umarme ihn, wobei ich spüre, wie seine Erektion an seinen Bauch gedrückt wird, während er zittert und seine Arme um mich legt. „Mich hat noch nie zuvor jemand gewollt, den ich tatsächlich mochte. Ich ..." Ich flüsterte an seiner Brust und er zittert, bevor er meinen Hinterkopf umfasst, während sich meine Lippen auf seiner Haut bewegen.

Ich lehne mich ein wenig zurück, sodass ich meine Handtasche ablegen und meinen Mantel ausziehen kann, den ich hinter mich werfe. Seine Arme spannen sich wieder an, seine großen, warmen Hände gleiten über meinen pinkfarbenen Cardigan und meine Jeans. Ich stelle mich auf die Zehenspitzen, um ihn zu küssen und sein Mund bedeckt meinen hungrig.

Der Kuss lässt meinen ganzen Körper kribbeln. Sein tiefes Grummeln der Lust, als unsere Lippen einander liebkosen, lässt mein Herz nur schneller schlagen. Fieberhaft drücke ich mich weiter hoch, die Arme um seinen Hals gelegt, und küsse ihn mit mehr Begeisterung als Geschick.

Nicht, dass es ihn zu stören scheint.

Ich öffne den Cardigan und ziehe auch diesen aus, da ich diese sanften, kräftigen Hände noch mehr spüren will. All der Schmerz, die Einsamkeit und Angst verblassen, als seine Küsse mir den Atem rauben.

Es fühlt sich an, als wäre er so erregt, dass er sich kaum kontrollieren kann, er schnurrt und knurrt tief in seiner Kehle, während er mich küsst und unter meinen Händen bebt. Mein Wimmern mischt sich mit seinem; seine vom Handtuch bedeckte Erektion pulsiert, als er sie an meinen Bauch drückt. Als er mich nach hinten zur Couch schiebt, gehe ich bereitwillig mit.

Der Kuss wird unterbrochen und er sieht mich keuchend an. „Du musst mir sagen, ob ich ein Kondom brauchen werde oder nicht", sagt er heiser.

Ich unterdrücke den Anstieg von Unsicherheit. *Sei ehrlich, Josie. Das ist, was du willst. Und wann wird die Chance wiederkommen?*

„Ja", flüstere ich und sehe zu ihm auf. „Du ... holst besser welche."

Seine Couch hat keine Armlehnen; er legt mich darauf und zieht mir Schuhe und Socken aus, bevor er mich erneut küsst. Seine Hand gleitet fest über meinen Oberschenkel. „Bist du sicher?", fragt er und seine Fingerspitzen lassen meine Haut förmlich brennen.

„Ja." Ich bin nervös genug, um es immer noch zu spüren, selbst unter dem sanften Schimmern von Lust und Verlangen, aber ich dränge weiter. „Ich bin mir sicher."

Er holt die Kondome, macht aber keine Anstalten, eines überzuziehen. Stattdessen hilft er mir dabei, mein Shirt auszuziehen und küsst meinen Hals, als ich schüchtern meine Hände über meinen BH lege.

Seine Lippen sind magisch auf meiner Haut und lassen mir schwindelig werden, als er meinen Puls küsst und dann seine Zähne benutzt. Ich wimmere, meine Hände verlassen meine Brüste und gleiten stattdessen über seinen Rücken.

Als ich mich hinlege, schwebt er über mir, küsst und neckt mich mit seinem Mund, fährt mit den Händen über meine nackte Haut und hilft mir, mich weiter zu entblößen. Als der BH verschwindet, nimmt er eine meiner Brüste in die Hand, wobei seine große, warme Handfläche sie beruhigend umfasst.

„Gefällt dir das, Baby?", flüstert er, als sein Daumen über meine Brustwarze streicht. Ich winde mich unter ihm und habe plötzlich das Gefühl, als würde ich ihn meinen Jeans ersticken. „Oh ja, das tut es." Er wandert meinen Körper hinunter und sein warmer Atem fließt über mein Schlüsselbein. „Ich wette, dass dir das hier noch mehr gefallen wird."

Plötzlich bedeckt sein heißer Mund meine andere Brustwarze; er saugt begierig und ich schreie auf, winde mich, drücke meine Hüften hoch, da ich völlig überwältigt bin. Er hält mich in seinen Armen und presst meinen bebenden Körper an seinen, während er an meiner empfindlichen Haut zieht.

„Ohh!", keuche ich und presse meine Brust reflexartig in sein Gesicht, während ich mich frage, ob ich es weiter ertragen kann. Es fühlt sich so intensiv an, dass ich befürchte, ich könnte zu schreien anfangen. „Das fühlt sich so gut an …"

Er zittert und knurrt, als sich meine Nägel in seiner angespannten Rückenmuskulatur vergraben. Meine Stimme wird abwechseln lauter und leiser und ich keuche und stöhne unkontrolliert. Mein Körper spannt sich mit jeder seiner Bewegungen an, meine Hüften heben sich reflexartig.

Seine Hand lässt meine andere Brust los und zieht meinen Reißverschluss nach unten. Ich hebe erneut die Hüften, er öffnet meine Jeans und zieht sie zusammen mit meinem Slip nach unten. Dies tut er langsam, Zentimeter für Zentimeter, und folgt ihnen meinen Körper hinab.

Ich stöhne vor Enttäuschung, als er meine Brust loslässt, und zittere, als er sich meinen Bauch hinabküsst. Seine Zunge gleitet über meine Haut, umkreist meinen Bauchnabel, bevor er über die Wölbung zu meinem Schritt weitergeht.

Als ich erkenne, was er vorhat, setze ich mich aus Nervosität auf. Er hält meine Hände in seinen und drückt sie sanft, als seine Lippen ihren Weg fortführen. Ich lege mich bebend zurück und er belohnt meine Gehorsamkeit, indem er mich zärtlich küsst.

Seine Zunge gleitet zwischen meine unteren Lippen und liebkost mich, geht langsam auf und ab, während ich mich gegen seinen mächtigen Griff wehre. Ich stöhne durch die Zähne hindurch, spanne mich an, alles aus Reflex. Es fühlt sich so gut an.

Er lässt meine Hände los und ich greife seine Schultern, als er beginnt, sich meiner Klitoris zuzuwenden. Eine Welle der Lust explodiert mit jeder Bewegung in mir, ich muss mich zurückhalten, nicht seinen Kopf zu halten und an mich zu drücken. „Oh, es ist gut", summe ich, als er seine Zunge schneller bewegt.

Er muss mich festhalten. Ich habe noch nie etwas so Gutes gespürt wie seine Zunge, meine Muskeln spannen sich an und beben mit jeder Bewegung. Seine kräftigen Arme ziehen meine Oberschenkel auseinander und halten mich davon ab, mich zu winden. Es gibt kein Entkommen.

„Ja ... ja ... *ja* ... oh, hör nicht auf, bitte ... ich –"

Er presst seine Lippen auf meine und zieht leicht daran, während er weiter seine Zunge schnellen lässt, was mir einen Schrei entlockt. Meine Nägel vergraben sich in seinen Schultern und ich kann mich nicht aufhalten. Ich kann nichts hiervon aufhalten ... und ich will es auch nicht.

Die Empfindung wird mit jedem Schlag seiner Zunge stärker. Ich zittere, es kribbelt und ich bin bereit, zu explodieren. Meine Stimme ist nur noch ein unverständliches Flehen.

Dann saugt er härter – und ich explodiere. Große Wellen der Lust durchströmen mich, während ich schreie und den Kopf von einer Seite zur anderen werfe und meine Hüften an seinem

Gesicht reibe. Meine Augen sind geöffnet, können aber nichts sehen. Ich kann nur fühlen, fühlen und fühlen, als mich mein erster Orgasmus überkommt.

Ich breche zusammen, zitternd und schweißnass, als er den Kopf hebt. Sein Haar ist wild, seine Augen sind wild und seine Wangen strahlen. Er wischt sich den Mund mit dem Handrücken ab und greift dann nach einem Kondom. „Ich muss dich haben."

„Tu es", bringe ich heraus, zu schlaff und erschöpft, um mich zu bewegen.

Er reißt sich das Handtuch vom Leib und offenbart seine glänzende, dicke Erektion, die mit seinem Herzschlag leicht zittert, als er das Kondom überzieht. Er nimmt meine Hüften und hebt sie hoch, während er sich auf den Rand der Couch kniet. Dann dringt er langsam in mich ein.

„Ohhhh", stöhnt er. „Oh Baby, ich wollte dich so sehr vögeln." Er bewegt seine Hüften und gleitet tiefer, was neue Schockwellen auslöst. „Oh ja…"

Ich lege meine Arme um ihn und halte ihn, während er mich zitternd und knurrend nimmt. Es tut nicht weh. Stattdessen erfahre ich nur weitere Lust, als er sich immer schneller und schneller bewegt.

Er ist völlig darin versunken, genau wie ich es vor meinem Höhepunkt war: seine Augen sind geschlossen, sein Mund geöffnet, er keucht und stöhnt, wenn sich unsere Hüften treffen. Ich betrachte sein Gesicht, fasziniert davon, wie es ihn beben lässt, wenn ich meine Hüften hebe.

Unsere Bäuche schlagen aufeinander, als er immer tiefer in mich eindringt, schneller und schneller. Unsere Schreie prallen von den Wänden der Garderobe ab, als er auf dieselbe Ekstase zurast. Ich keuche und zittere erneut. Als er hart genug wird, um meine

Gelenke knacken zu lassen, erreicht meine Erregung erneut ihren Höhepunkt, woraufhin ich schreie und mich unter ihm winde.

„Ahh!" Er vergräbt sich vollständig in mir und ich spüre, wie seine Erektion pulsiert. Seine Augen schließen sich und seine Hüften zucken unkontrolliert. „Ja! Ja … oh …" Er sackt über mir zusammen, keuchend und zittern. „Oh", flüstert er in mein Ohr, während ich ihn halte. „Oh Josie, Baby. Oh."

Ich starre die Decke an, fassungslos und triumphierend. *Ich bin gekommen. Zweimal sogar. Oh Gott.*

„Bleib heute Nacht bei mir", flüstere ich, als er sich über mich legt. „Im Hotel. Liebe mich erneut."

Er hebt den Kopf und lächelt müde. „Sehr gern."

Als wir das Penthouse erreichen, mit seinen Wänden aus Fenstern, großen Sofas und der mächtigen Heizung, hat er sich wieder an mich gepresst, als wir unsere Mäntel ausgezogen haben. Er küsst und knabbert und zieht mich aus, während er mich in Richtung des Schlafzimmers führt und dabei einen Pfad aus Klamotten hinterlässt. Als er mich ins Schlafzimmer trägt und auf das Bett legt, sind wir beide vollkommen nackt.

Diesmal ziehe ich ihm das Kondom über, während er zittert und ermutigend stöhnt. Als er sich mir auf dem Bett anschließt und mich in die Arme nimmt, bin ich feucht und ungeduldig.

Er tut es langsam, zärtlich, flüstert Worte der Lust und Zärtlichkeit in mein Ohr, während seine Finger meine Klitoris reiben. „Ich will dich so sehr, Baby. Lass uns das ganze Wochenende hierbleiben. Nur vögeln und essen und schlafen."

„Oh ja", stöhne ich, sowohl durch seinen Finger und durch seinen Vorschlag. Dann spannen sich meine Muskeln um ihn herum an, fester und fester, und wir beide hören auf zu reden.

Ich verliere den Überblick über die Zeit und die Orgasmen, während wir uns aneinander reiben. Er braucht zwei weitere Kondome und sorgt dafür, dass ich zufrieden bin, bevor er sich selbst den Höhepunkt erlaubt. Ich schließe die Augen und halte ihn, als er vor Ekstase schreit.

Die zweite Runde endet damit, dass er aus dem Badezimmer zurückkommt und die Decke über uns beide zieht, als er sich hinlegt.

„Ich könnte mich wirklich daran gewöhnen, Baby", murmelt er an meinem Ohr und mein Herz fliegt trotz meiner Erschöpfung.

Ich lege meine Arme wieder um ihn und küsse seinen geöffneten Mund. „Ich auch."

Als ich schlafe, habe ich keine Albträume von Marvin, keine Angst. Ich bin in Jakes Armen sicher, genau so, wie ich es wollte.

Ich wache halb ausgeruht auf, ohne jede Ahnung, wie viel Uhr es ist oder wie lange ich geschlafen habe. Jake liegt hinter mir, sein langsamer Atem in meinem Haar – und seine Erektion an meinem Po. *Oh. Hallöchen.*

Mein Liebhaber. Das ist mein Liebhaber. Ich habe einen und wir waren die ganze Nacht, bis in den Morgen hinein zusammen.

Ich drehe mich vorsichtig um und blicke über Jakes muskulöse Schulter auf das große Fenster. Draußen ist es taghell, der Schnee ist bereits auf einigen Dächern geschmolzen.

Ich war den ganzen Morgen mit ihm im Bett, hatte Sex und habe geschlafen. Ich fühle mich ... dekadent. Und dadurch fühle ich mich mutig.

Jake seufzt und dreht sich auf den Rücken, wobei seine Erektion unter der Decke sichtbar wird. Ich kichere, erregt und aufgeregt, als ich unter den Stoff greife und mit den Fingern darüberfahre.

Er schnappt leise nach Luft, als ich die seidige Haut mit meinen Fingerspitzen erkunde und dabei immer erregter werde.

Es gefällt mir, ihn zum Stöhnen zu bringen. Ich mag es, ihn zittern zu lassen. Er kann jeden fertigmachen, aber sieh dir nur an, was ich allein mit meinen Fingern tun kann.

Der Gedanke erregt mich so sehr, dass ich entscheide, mehr zu tun, als ihn nur zu berühren. Ich habe bereits den Überblick darüber verloren, wie oft wir es getan haben ... aber ich will mehr.

Ich bin schläfrig, benommen und fieberhaft vor Lust, als ich meinen Körper auf seinen lege. Jake lächelt im Schlaf und seine Erektion pulsiert an meinem Bauch. Ich wandere höher, reibe mich an ihm und er belohnt mich mit einem tiefen, melodischen Stöhnen.

Ich nehme seine Erektion in die Hand und fahre mit den Fingern darüber, als er zittert und lauter stöhnt. Erinnerungen an seine tiefe, wunderschöne Stimme, die vor Lust lauter wird, jedes animalische Knurren, Keuchen und Stöhnen vom ersten Kuss bis zum Höhepunkt strömen durch meinen halbwachen Verstand und machen mich hungrig, sie erneut zu hören.

Ich halte ihn fest und lasse ihn in mich hineingleiten, dann sinke ich langsam nach unten. Auf einmal wölbt er den Rücken, seine Hände landen auf meinen Hüften und er dringt begierig in mich ein.

Dann öffnet er die Augen, das Gesicht voll schockierter Freude und ich lächle ihn an. „Hallo, mein Geliebter."

KAPITEL 9

Jake

Ich wache langsam mit der köstlichen Empfindung auf, wie meine Morgenlatte sanft von einer Frau umhüllt wird. Josies Duft umgibt mich, als ihr Körpergewicht auf mich hinabsinkt und sich wieder hebt, langsam, und meine Erektion mit jeder Bewegung vollständig umschließt.

Es fühlt sich so gut an, dass ich kurz glaube, ich würde träumen, bevor mich die Intensität der Lust wachrüttelt und ich realisiere, dass sie real und hier ist – und mich reitet.

„Oh Baby", schnurre ich schläfrig und fahre mit den Händen über ihre Hüften. Sie lächelt mich stumm an, die Hände auf meiner Brust abgestützt, ihre starken kleinen Beine um meine Hüften gelegt, während sie sich auf mir bewegt. Ich lächle breit und lehne mich nach oben, um sie zu küssen, während wir uns aneinander reiben.

Sie ist bereits erregt, als ich beginne, sie zu liebkosen. Ihre Brustwarzen sind hart und ihre Haut zittert unter meinen Fingerspitzen. Es ist leicht, sie dazu zu bringen, nach Luft zu schnappen und schneller zu werden. Dann lasse ich zwei Fingerspitzen über ihre Klitoris gleiten und ihre Augen fallen zu. Ihre Hüften reiben sich auf wunderbare Weise an mir.

Es hat sich noch nie so gut angefühlt, eine Frau zu vögeln. Nicht nur wegen der Zärtlichkeit oder weil sie innerhalb von einer Nacht von schüchtern zu mutig übergegangen ist. Sondern weil die körperliche Lust in diesem Moment so intensiv ist, dass ich nicht aufhören könnte, selbst wenn ich es wollte.

Ich kann alles spüren, glatt und heiß, wie sie über meine Erektion gleitet, als ich eindringe. Ich kann jedes Zittern und jede Anspannung spüren. Ich …

Oh mein Gott, sie hat entschieden, es ungeschützt zu tun. „Oh!", stöhne ich und keuche, während ich darum kämpfe, nicht auf der Stelle zu explodieren. „Oh Baby, du fühlst dich so verdammt gut an …"

Sie reitet mich ein wenig schneller, lächelt mich immer noch an wie ein Engel, und ich lasse den Kopf in die Kissen zurückfallen und kann nichts anderes tun, als animalische Geräusche von mir zu geben. Ihre kleine, zierliche Gestalt muss darum kämpfen, mich ganz in sich aufzunehmen, aber sie ist entschlossen … und ich bin begeistert.

Jedes Mal, wenn sie sich auf die Knie setzt und mich aus ihr herauszieht, sehnt sich meine Erektion so sehr nach ihr, dass ich zittere.

„Hör auf nicht auf. Ja. Genau so." Ich bewege meine Hüften so langsam ich kann, mein Bauch ist angespannt, während ich mich kaum zusammenreißen kann.

Ich weiß nicht, wie ich es schaffe, meine Finger weiter an ihrer Klitoris zu bewegen, als sie dem Höhepunkt näherkommt und sich immer schneller und härter an mir reibt. Jede Bewegung ihrer Hüften liebkost meine Erektion auf neue Weise. Ich presse mich nach oben, fluche und stöhne und nenne sie meinen Engel, schwöre, dass ich ihr gehöre und meine jedes Wort.

Dann kneift sie die Augen zusammen und schluchzt vor Lust, als sie sich um mich herum anspannt. Ihre unkontrollierten Bewegungen treiben mich immer weiter, bis ich schließlich meine Hüften nach oben stoße und heiser schreie. Ich werde durch die Intensität beinahe ohnmächtig, als ich den Höhepunkt erreiche.

Ja. Oh ... ja.

Ich leere mich tief in ihr, zitternd und keuchend, ihr Name in meinem Herzen, aber aus meinem Mund kommt nichts als Geräusche. Am Ende breche ich unter ihr zusammen und schließe zufrieden die Augen.

Ich öffne sie wieder, während sie immer noch zu Atem kommt. Sie hat sich auf meiner Brust zusammengerollt und schläft bereits ein, während ich völlig entspannt unter ihr liege. Ich streichle mit einer Hand über ihren Rücken und sie schauert vor Freude.

Ich kribble am ganzen Körper, ich bin immer noch in ihr vergraben, aber wie der Rest von mir bin ich auch dort entspannt. Ihre Brüste gleiten über meine Brust, während sie atmet, aber selbst das kann mich jetzt nicht erregen.

Ich bin in meinem ganzen Leben noch nicht so hart gekommen.

Ich lächle und lehne mich nach oben, um meine Nase in ihrem zerzausten Haar zu vergraben. Ich habe keine Ahnung, warum sie entschieden hat, es ohne Kondom zu tun, aber Risiko hin oder her, ich kann mich nicht beschweren. Ich habe noch nie zuvor jemanden ohne Gummi gevögelt und ... das war definitiv denkwürdig.

Ich nehme an, sie nimmt die Pille. Seltsam, sie sagte, sie würde mit niemandem ausgehen. Vielleicht nimmt sie sie aus gesundheitlichen Gründen oder einfach vorausschauend.

Ich weiß es nicht. Ich werde sie später fragen. Aber im Moment ... ich warte nur darauf, dass sich mein Schwanz erholt, damit wir es erneut tun können.

Leider bekomme ich keine Chance dazu. Ich habe sie zugedeckt und bin aufgestanden, um den Schweiß unter der Dusche abzuwaschen, als der besondere Klingelton des Bosses zum ersten Mal seit mehr als einem Tag ertönt. Ich hole mein Handy aus meinem Mantel und ziehe mich ins Badezimmer zurück.

„Hast du dir in letzter Zeit die Nachrichten angesehen?", kommt die Frage anstelle einer Begrüßung. Sofort bin ich alarmiert. Aufgrund meiner verwirrten Stummheit fährt er fort: „Anscheinend nicht. Es hat heute Morgen eine versuchte Polizeirazzia in der Arena gegeben."

Ich lasse das Handy vor Schock beinahe fallen. Es reicht aus, um Gedanken an weiteren Sex sofort aus meinem Kopf zu treiben. „Was? Heilige Scheiße – was ist passiert? Sind wir aufgeflogen?"

„Überhaupt nicht. Wir wurden von einem meiner Spione vorgewarnt. Die Betonschotten, die die Kelleretage verbergen, wurden gesenkt und die Tastaturen der Fahrstühle wurden geändert, um den Zugang herauszunehmen. Für Außenstehende gab es keinerlei Beweise dafür, dass die Kelleretage überhaupt existiert."

Mir fällt die Kinnlade herunter. *Das ist richtiger James Bond-Scheiß.* Aber auf der anderen Seite ist es der Boss, vielleicht sollte ich es also einfach erwarten.

„Der für die Sicherheitslücke verantwortliche Hacker konnte aufgrund fehlender Videoüberwachung in diesen Bereichen nicht den genauen Standort der Arena festmachen. Die Polizei hat den zugelassen Nachtclub im ersten Stock kontrolliert und nichts gefunden."

Ich merke, wie mein Blutdruck ansteigt. *Verdammter Marvin. Er muss es gewesen sein.*

„Also haben sie ein paar Clubgänger verschreckt und sich lächerlich gemacht." Ich reibe mir über das Gesicht. *Dieser verdammte Marvin hat sie auf die Arena angesetzt, weil er uns nicht finden konnte.* „Klagen wir?"

„Gerichtliche Schritte werden eingeleitet, nachdem Marvin Ackerman gefunden und entweder festgenommen oder zum Schweigen gebracht wurde. Er kann uns online dank Prometheus keinen weiteren Schaden zufügen, aber dank deines ehemaligen Kollegen hatte er eine volle Stunde, um in die Gebäudesysteme einzudringen und Informationen zu sammeln."

Ich muss nicht fragen, ob er von Dave spricht. Ich weiß es bereits. „Okay. Also, was brauchst du von mir?"

„Die Polizei wird weiter nach dir und der jungen Dame suchen, genau wie dieser Stalker. Wir müssen Ackerman finden, bevor sie es tun. Aber die einzige Spur, die wir aktuell über seinen Aufenthaltsort haben, ist seine Besessenheit von Josephine Cotter."

Seine Stimme ist sehr ernst und mir rutscht das Herz in die Hose. „Josie kann sich ihm wirklich nicht erneut stellen. Ich kann sie beschützen, aber –"

„Ich habe keinerlei Absicht, ihn in die Nähe der jungen Dame zu lassen. Im Moment besteht mein Ziel darin, dem FBI bei seiner Festnahme zu helfen. Aber dafür ist die Kooperation der jungen Dame erforderlich. Ich will, dass du sie überredest. Ich werde dir zwei Stunden dafür geben und dich erneut kontaktieren." Er ist so ruhig, dass ich nicht gewusst hätte, dass es eine Krise ist, wenn ich keine Details hätte.

„Warte, warte. Du arbeitest mit dem FBI?" So weit ich weiß, verabscheut der Boss Strafverfolgungsbehörden.

„Nein, ich habe einen Spion im FBI und arbeite mit ihr. Ich möchte, dass du dich mit ihr triffst und Wege planst, um Ackerman zu erwischen." Es liegt eine gewisse Schärfe in seiner Stimme. „Das ist nicht optional, Jacob."

Ich versteife mich leicht. Im anderen Zimmer kann ich hören, wie Josie wach wird. „Natürlich nicht. Ich bin nur überrascht, dass du den Kerl an die Behörden gibst."

„Deine neue Geliebte hat eine geregelte Arbeit zu schützen. Wenn sie mit den Behörden legal gegen einen dokumentierten Stalker zusammenarbeitet, dann werden sie und mein Spion davon profitieren. Und wir ebenfalls."

Er ist immer noch fast gelassen. *Wie macht er das? Meditation? Xanax? Oder nur gute schauspielerische Fähigkeiten?*

Ich bin ein wenig besorgt über die Vollständigkeit dieser Informationen. „Woher wusstest du, dass Josie meine –", setze ich an.

Er unterbricht mich ein wenig scharf. „Vor zwei Stunden hat Ackerman versucht, sie mit einer Audioaufnahme eures Schäferstündchens zu erpressen. Prometheus hat die Nachrichten abgefangen, das Betriebssystem des ursprünglichen Computers zerstört und überwacht die Freigabe irgendwelcher Kopien der Aufnahme."

Ich spüre, wie meine Fingerknöchel knacken, als ich meine Hand zur Faust balle. Wut durchfährt mich brennend heiß und lässt meine Muskeln beben. „Red weiter."

„Wir glauben, dass er es mit dem Mikrofon ihres Smartphones macht und es genutzt hat, um sie auszuspionieren. Wir wissen nicht, wie viel er von deinen Interaktionen mit ihr oder Cynthia erfahren konnte. Aber da sie Synchronsprecherin mit einer charakteristischen Stimme ist – die Aufnahmen könnten ihre Karriere ruinieren."

Als ich an das Stöhnen und Schluchzen der süßen Josie denke, während ich ihr ihre ersten Orgasmen beschert habe, wird meine Wut nur noch stärker. Dieser Mistkerl Marvin hat versucht, einige der besten Momente meines Lebens zu Erpressungsmaterial zu machen. *Vermutlich hat er sich dazu auch einen runtergeholt.*

„Boss", sage ich mit so ruhiger Stimme wie möglich. „Lass mich ihn umbringen. Vergiss die FBI-Agentin –"

„Nein."

Seine Stimme hat sofort von gelassen zu unerbittlich umgeschlagen. Mir stockt der Atem, die einzelne Silbe ist wie kaltes Wasser in meinem Gesicht. „Sir?"

Sein Tonfall wird ein wenig sanfter. „Folge meinen Anweisungen, Jacob. Nicht nur, weil es für uns alle besser sein wird, wenn du es tust, sondern weil du kein Mörder bist. Das warst du noch nie. Lass diese Arbeit denen, die sie nicht krank macht."

„Sir, ich habe zwei Menschen getötet –"

„Nein." Jetzt klingt er ein wenig genervt. „Du hast versehentlich *einen* Menschen getötet. Der andere wurde dank eines unverantwortlichen Trainers durch eine Überdosis getötet. Und trotzdem quälst du dich wegen beiden." Er seufzt. „Ich verstehe völlig das Verlangen, diesen verdorbene kleinen Mann zu Mus zu schlagen, aber er muss als Beispiel dienen und sich sehr öffentlichen Konsequenzen stellen. Erst sobald er aus dem Rampenlicht verschwunden ist, kann er würdevoll eliminiert werden ... und du wirst nicht derjenige sein, der es tut."

Ich habe Schwierigkeiten, meine Wut zu kontrollieren und gewinne schließlich, als ich mich mit einem lautem Atemzug ergebe. „Ja, Sir." *Verdammt. Er hat recht.*

„Konzentriere dich einfach auf die Sicherheit des Mädchens ... und darauf, sie vom Reden zu überzeugen. Ich werde dir die Handynummer von Special Agent Moss geben. Geh sicher, dass du innerhalb der nächsten zwei Stunden ein Treffen vereinbarst. Wir haben einen sehr knappen Zeitplan."

„Ich werde es erledigen." Er legt auf und ich starre mein Handy an, bevor ich es weglege.

Fuck.

Der Drang, Marvin zu prügeln, bis er nie wieder aufsteht, brennt in meinen Muskeln. Ich nehme eine kalte Dusche, um mich abzukühlen und mich aufzuwecken. Mir steht eine harte Unterhaltung mit Josie bevor.

Ich glaube nicht, dass ich ihr von der Aufnahme erzählen kann. Ich will nicht, dass sie sich mit einer solchen Demütigung herumschlägt. Aber ich werde sie mit verdammter Sicherheit darum bitten, ihr Mikrofon auszuschalten, wenn sie nicht telefoniert.

Und wenn ich wieder auf Marvin treffe, werde ich ihn vielleicht nicht umbringen – aber er und ich werden einen verdammten Showdown erleben.

KAPITEL 10

Josie

Ich war fast einen ganzen Tag im Himmel, und der Sturz zurück auf die Erde tut weh.

Jake tut sein Bestes, es abzumildern. Er hat beide Hände auf meine gelegt und hält sie, während er mir die Tatsachen mitteilt. Aber jede trifft mich hart ... und ich habe das Gefühl, dass er einen Teil seines Wissens zurückhält.

„Der Boss will, dass du dein Handy komplett ausschaltest, wenn du es nicht benutzt, oder zumindest das Mikrofon stummschaltest und die Kameras bedeckst. Es gibt Beweise, dass Marvin dich mithilfe deines Handys gefunden hat."

Benommen nicke ich und greife in meine Tasche – dann seufze ich erleichtert. Der Akku ist leer – vermutlich schon seit Stunden. Ich lasse es ausgeschaltet, während ich es lade. „Es ist schon eine Weile aus. Ich weiß nicht, wie lange. Ich habe nicht nachgesehen."

Er sieht nicht allzu erleichtert aus. „Na ja, so hat er dich gefunden. Hast du irgendeine Ahnung, wo dieser Bastard lebt?"

„Nein, er, äh ... seine Mutter hat ihn rausgeschmissen, nachdem ich ihr gesagt habe, was er mir antut. Aber er halt Geld. Aber keine Verbindungen zu irgendjemandem, von dem ich weiß." Mir wird schlecht, wenn ich daran denke.

Jedes Mal, wenn Marvin wegen seiner Handlungen Konsequenzen erfährt, kommt er doppelt so schlimm zurück. Es ist, als würde er planen, mich dazu zu zwingen, ihn zu lieben, und als würde er denken, dass es irgendwie funktioniert.

Aber Jake wird das nicht zulassen, genauso wenig wie ich. „Okay, das mit dem Handy habe ich verstanden. Aber was ist das mit dem FBI? Das war viel auf einmal."

„Ihr Name ist Carolyn Moss. Der Boss hat sie eine ‚Spionin' genannt, also nehme ich an, dass sie viel mit ihm zusammenarbeitet. Wir müssen zusammenarbeiten, um einen Weg zu finden, um Marvin herauszulocken, damit sie die Festnahme durchführen kann. Anscheinend muss er sich für wesentlich mehr verantworten als nur Stalking und einen Angriff auf dich." Plötzlich kann er keinen Augenkontakt mehr halten.

Was hat Marvin getan? „Was zum Beispiel?"

„Na ja, ich weiß nicht viel, aber es reicht aus, um ihn für das FBI interessant zu machen, besonders nachdem er versucht hat, sowohl die Polizei als auch das FBI zu nutzen, um die Arena zu durchsuchen. Das war so ziemlich das Dümmste, was er hätte tun können, wenn man bedenkt, dass die Cops bereits nach ihm suchen", sagt er. „Also ... ja. Dein Stalker wird für lange Zeit hinter Gitter gehen, wenn wir ihn herauslocken können." Er reibt mit seiner großen Handfläche über meinen Handrücken und mein Bauch spannt sich trotz des Stresses vor Verlangen an.

Können wir nicht einfach zurück ins Bett gehen, uns erneut lieben und all das vergessen?

Aber sein ernster Gesichtsausdruck sagt mir bereits das Gegenteil. Ich wappne mich und nicke mit Tränen in den Augen. „Es gibt viel mehr, das du mir nicht erzählst, oder? Sachen, die ich verpasst habe, während ich ... geschlafen habe."

Der süßeste, tiefste Schlaf meines Lebens – absolut friedlich. Und davor und danach Sex und Zärtlichkeit, als ich mich mit jeder Minute, die ich in seinen Armen verbrachte, mehr verliebte. Ich will das zurück ... aber Marvin versucht, all das endgültig zu ruinieren.

Jack sieht mich besorgt an. „Baby, es ist wirklich nicht nötig, sich mit all den hässlichen Details zu befassen. Dadurch bekommst du nur Bauchschmerzen."

Ich starre ihn traurig an, da ich mich einfach von ihm vor dem beschützen will, was es ist, aber ... „Jake, ich muss Beweismaterial gegen ihn zusammentragen –"

„Du musst dir darüber keine Sorgen mehr machen. Es ist größer als das, was er dir angetan hat. Alles, was du dokumentiert hast, wird im größeren Fall den Beweisen beigelegt." Es klingt, als würde er etwas wiederholen, das ihm gesagt wurde. Ich bin mir nicht sicher, warum mich das beunruhigt, aber das tut es.

„Jake ... ich weiß, dass es nicht nur um mich geht. Aber bitte lass mich wissen, wovor du mich beschützt."

Er blickt zu meinem ladenden Handy. „Bisher hat er versucht, die Arena zu entblößen, er hat bearbeitete Überwachungsvideos veröffentlicht, sodass sie nur zeigen, wie ich ihn schlage und nicht das, was er dir angetan hat, und er ..." Sein Atem stockt und er muss seine nächsten Worte förmlich herauspressen. „Prometheus, der Hacker des Bosses, hat einen Versuch, dich zu erpressen, abgefangen."

Was? „Wie?"

„Er hat gedroht, peinliche Informationen über dich zu veröffentlichen, um deine Karriere zu ruinieren, wenn du nicht aus deinem Versteck kommst und zustimmst, dich mit ihm zu treffen." Er bleibt ungenau und meidet erneut meinen Blick.

„Welche peinlichen Informationen?" Ich gehe gedanklich alles Skandalöse durch, das ich je getan habe und mir fällt absolut nichts ein. „Hat er sich etwas ausgedacht?"

„Ich weiß nicht. Ich habe keine Kopie bekommen. Aber was auch immer es ist, es ist nichts, weswegen du dich möglicherweise schämen müsstest." Er drückt zärtlich meine Hand. „Dieses Arschloch macht Scheiße, um dich aus der Bahn zu werfen, dir Angst zu machen und zu versuchen, dich aus deinem Versteck zu treiben. Aber wir werden mit dieser FBI-Agentin zusammenarbeiten, um den Spieß umzudrehen."

Es klingt nicht so, als hätte ich eine Wahl – und das stört mich. Aber das ist nicht Jakes Schuld. „Also, wie lautet der Plan?"

„Ich bin mir nicht sicher." Er runzelt die Stirn und lehnt sich an die Kopfstütze. Ich krieche auf seinen Schoß und rolle mich zusammen, woraufhin er seine Arme um mich legt. „Aber ich weiß eines. Wenn wir wollen, dass er einen Fehler macht, dann müssen wir ihn aufhetzen. Ihn wütend machen."

„Dieser Teil macht Sinn." In meinem Kopf bildet sich eine Idee. *Was würde Marvin so verrückt machen, dass er aus seinem Versteck kommt?*

„Mein ganzes Leben lang wurde mir beigebracht, Jungs nicht zu provozieren. Ich wollte Frieden schaffen, nett sein und nie jemanden wütend machen. Jake ... das wird für mich nicht natürlich sein. Aber er verdient es." Er verdient jedes Elend und jede Demütigung, die er anderen je zugefügt hat.

„Du wirst etwas finden, um diesen Bastard wütend zu machen. Ich werde ihn davon abhalten, in deine Nähe zu kommen, und dann wird ihn die FBI-Lady schnappen. Wir können ohne ihn weitermachen." Er vergräbt die Nase in meinem Haar.

„Ich hoffe, du hast recht." Ich lege meinen Kopf unter sein Kinn. Ich habe Angst davor, was diese Störung mit dem tun wird, was zwischen uns wächst. Aber Marvins Entschlossenheit, mein Leben zu zerstören, wird nicht dafür sorgen, dass ich Jake aufgebe.

Ich werde es nicht zulassen. Ich entscheide, mit wem ich zusammen bin. Nicht dieses herzlose Stück Müll.

„Okay", sage ich schließlich und tue mein Bestes, tapfer zu sein. „Lass uns ein Treffen mit dieser Frau arrangieren und herausfinden, wie wir Marvin aus der Reserve locken."

Ein paar Minuten später stehe ich unter der Dusche, als ich realisiere, dass es mich immer noch beunruhigt, nicht zu wissen, womit Marvin versucht hat, mich zu erpressen. So nett es auch ist, Jake und irgendeinen wohlwollenden Computersicherheitskerl zu haben, fühle ich mich trotzdem unvorbereitet, da ich es nicht weiß.

Als ich herauskomme und mich anziehe, ist mein Handy geladen. Ich schalte es besorgt ein. Ich kann Jakes Augen auf meinem Rücken spüren, während ich dastehe und zuhöre, wie immer mehr Benachrichtigungen hereinströmen.

340 verpasste Anrufe innerhalb von zehn Stunden. Diese Nummer sagt mir mehr, als ich je über Marvins Besessenheit wissen wollte. Ungelesene Nachrichten: 634. E-Mails: 216. Sie sind noch nicht einmal so gefiltert, dass ich sie lesen kann; ich

habe mein Handy auf Jakes Bitten hin auf dem Weg zum Hotel gesperrt.

Marvin, was stimmt nicht mit dir? Vermutlich hat er diese zehn Stunden rotgesichtig und prustend verbracht, mit Spucke auf den Lippen und die Haut durch den Zorn von Schweiß bedeckt, selbst draußen in der Kälte. Wo er anruft und anruft und schreibt und schreibt und immer wieder dieselbe E-Mail schickt.

Ich frage mich, ob seine Mutter je in Angst vor ihm gelebt hat, wie ich es getan habe, bevor Jake kam. Hat sie jahrelang darauf hingearbeitet, ihn rauszuschmeißen und sein Stalking nur als Ausrede benutzt?

„Ihn die Fassung verlieren lassen." Ich starre benommen mein Handy an. „Es sieht aus, als wäre das bereits geschafft, Jake."

„Ja, na ja, wenn wir mit ihm fertig sind, wird er weder seinen Stolz noch irgendwelche Freunde haben. Und kurz darauf wird er seine Freiheit und jeglichen Zugang zu Computern verlieren." Er reibt beruhigend meine Schultern.

Ich starre mein mit Verrücktheit gefülltes Handy an und denke an die letzten Tage zurück. „Ich mache mir Sorgen darum."

Er seufzt in mein Haar. „Es gefällt mir auch nicht, Baby, aber wenigstens werden wir Hilfe haben."

Wir. Es bedeutet ihm auch etwas. Das ist für mich im Moment ein Licht in der Dunkelheit. Wenn wir das hier zusammen durchstehen können und am Ende etwas Festes und Reales haben, kann ich all diesen Mist ertragen.

Und selbst wenn der Teil mit dem „Wir" nicht funktioniert, ist der andere Punkt, dass ich jetzt Hilfe habe. Ich muss mich Marvin nicht allein stellen.

Ich versuche, darin Trost zu finden, während Jake seine Anrufe tätigt, um das Treffen mit Special Agent Moss zu arrangieren. Tatsächlich fühle ich mich besser, dass es eine weibliche Agentin ist. Die Männer in meinem Umfeld waren nett, aber ich bin bereit zu wetten, dass keiner von ihnen je gestalkt oder schikaniert wurde.

Das Traurige daran ist, dass ich praktisch wetten kann, dass jede Frau in der Strafverfolgung schon mit der Aufmerksamkeit irgendeines Widerlings zu tun hatte. Genau wie jede Frau mit auch nur einem Anflug von Berühmtheit wird eine Frau mit jeder Art von Autorität zum Ziel für die Art Männer, die es nicht ertragen können, dass sie diese nicht haben. Männer wie Marvin.

Meine Geschichte jemandem zu erzählen, der sich in diesem Bereich auskennt, wird einfacher sein als bei jemandem, der es nicht tut. Das habe ich auf die harte Tour gelernt, als ich begonnen habe, Marvins Belästigungen zu melden.

„Für mich klingt er nur nach einem Fan. Haben Sie in Erwägung gezogen, mit ihm zu reden? Oh. Haben Sie. Haben Sie Ihren Manager mit ihm sprechen lassen? Oh. Na ja, vielleicht wird es vorübergehen und er findet an jemand anderem Interesse."

„Das geht schon seit zwei Monaten so? Sie haben alles davon dokumentiert? Na, warum haben Sie so lang damit gewartet, etwas zu tun? Oh, haben Sie. Sie haben eine Liste der Dinge, die Sie versucht haben? Interessant."

„Ich bin mir immer noch nicht sicher, ob Sie hier einen Fall haben. Der Kerl ist einfach in Sie verknallt."

Der Detective, den mir die Polizei von Detroit zugewiesen hatte, war ein junger blonder Mann, der mich anstarrte, als wäre mir ein zweiter Kopf gewachsen, als ich ihm erklärte, dass ich eine einstweilige Verfügung und Marvins Belästigung bei der Polizei dokumentieren lassen wollte. Er konnte es einfach nicht verstehen, egal, wie viel ich erklärte, dass es eine ausreichende Sorge war, um die Polizei hinzuzuziehen.

Er war ebenfalls erstaunt, als ich über seinen Kopf hinweg handelte und nach einem anderen Detective fragte. Seine Vorgesetzte, eine Frau mittleren Alters, rollte mit den Augen, als ich meine Gründe erklärte und wies mir keinen anderen Beamten zu. Stattdessen gab sie ihm hinter geschlossenen Türen eine Standpauke, während ich wartete. Er kam mit rotem Gesicht heraus, nahm meine Aussage auf und machte mir keine weiteren Schwierigkeiten.

Ich hätte nicht so viel Zeit damit verbringen müssen sollen, diese Sache einem Kerl zu erklären, der einen solchen Schrecken noch nie erfahren hat, dass die Bedrohung für mich real ist und ich Hilfe verdiene. Aber wenigstens weiß ich, dass Jake mir das nie antun wird. Das hat er bereits mehr als einmal bewiesen.

Schließlich legt Jake auf. „Wir treffen uns in einer Stunde in deinem Loft. Die Polizei und das FBI sind bereits mit ihren Beweisermittlern durch. Du solltest heute Abend wieder einziehen können, wenn du das wirklich willst. Aber ansonsten kannst du ein paar Sachen holen, während du dort bist."

„Das klingt gut." Mein Bauch flattert bei dem Gedanken. „Lass uns unterwegs etwas zu Essen holen." Ich bin nicht wirklich hungrig. Ich verschaffe mir nur Zeit, da ich Angst davor habe, was ich vorfinden werde, wenn wir mein Loft erreichen.

Wie sich herausstellt, beginne ich selbst mit einem Bauch voller Hühnchen-Spinat-Omelette zu zittern, als wir fünfundvierzig Minuten später vor meinem Gebäude vorfahren. Jake parkt seinen Truck an der Straße und hilft mir hinaus in den dünnen, eisigen Regen. Er läuft dicht hinter mir, als ich uns hereinlasse.

Mein Herz schmerzt durch das starke Hämmern, als wir meinen Briefkasten erreichen, der voll mit handgeschriebenen Nachrichten ist. Ich lasse sie für die Polizei zurück und gehe nach oben. Und dort … eine große Welle der Erleichterung überkommt mich, als ich sehe, dass meine Stahltür verbeult und verkratzt, aber intakt ist.

Als ich drinnen nachsehe, ist alles so, wie ich es zurückgelassen habe. Nichts ist kaputt, gestohlen oder bewegt worden. „Er ist nicht durch die Tür gekommen." Ich seufze erleichtert, als Jake mich von hinten umarmt.

„Sieht so aus." Ich drehe mich um und er küsst mich auf die Stirn. „Das ist jedenfalls eine Erleichterung."

Als ich jedoch durch mein großes, längs unterteiltes Seitenfenster auf den Parkplatz blicke, realisiere ich, dass meinem süßer kleiner VW Käfer eine andere Geschichte widerfahren ist. Ein Rechteck aus Polizeiabsperrband umgibt meinen Parkplatz, der nichts als zerbrochenes Glas enthält.

„Oh scheiße", keuche ich und lege eine Hand auf das kalte Glas vor mir, während mir Tränen die Sicht verschleiern. „Dieser Widerling hat mein Auto geklaut."

Ich liebe dieses Auto. Es war ein Geschenk einer riesigen Animationsfirma, nachdem ich einen Zehn-Jahres-Vertrag unterzeichnet hatte, um Synchronisationen ihrer Kinderabteilung zu übernehmen. Das erste große Geschenk meiner ganzen Karriere.

Ich weine am Fenster, während Jake einen Arm um mich legt. Dann drehe ich mich an seine Brust, bis meine Tränen versiegen. „Damit hat er mich vermutlich bedroht. Bastard. Aber ich hätte trotzdem nicht nachgegeben."

Aber ich bin mir nicht sicher. Vielleicht gibt es noch mehr. Wenn er damit zufrieden war, mein Auto zu zerstören, dann hätte er nicht versucht, meine Tür einzutreten. „Jake …?" Ich sehe zu ihm auf und bereite mich auf weitere Ausflüchte vor.

„Ja?" Er küsst meine Nasenspitze.

„Ich will immer noch wissen, was all diese Nachrichten waren. Ich bekomme es nicht aus dem Kopf. Du hast gesagt, der Hacker deines Bosses hat nachverfolgt, was Marvin getan hat. Wird er mit mir reden?" Es verlässt meinen Mund entschlossener, als ich dachte. „Du musst es wenigstens versuchen."

„Na ja, ich werde ihn fragen. Aber nachdem wir mit der Agentin gesprochen haben. Der Boss wollte das schnell erledigt haben." Er zögert, bevor er langsam fragt: „Bist du sicher, dass du willst, dass dich Marvin bewusst terrorisiert?"

„Was meinst du?" *Was weißt du, Jake? Was denkst du, wovor du mich beschützt?*

„Was ich meine, ist, dass Marvin dir mit Erpressung gedroht hat, die schlimm genug war, dass es selbst den Boss beunruhigt hat. Ich bin eigentlich ziemlich froh, dass ich keine Details bekommen habe, ansonsten würde ich den Kerl vermutlich umbringen wollen." Seine Augen leuchten mit solch aufrichtiger Wut auf, dass meine Vermutungen einen Teil ihrer Kraft verlieren.

„Jake ... sprich nicht so. Ich habe dich erst gefunden. Ich will dich nicht wegen irgendeines Arschlochs an eine Gefängnisstrafe verlieren." Ich streiche ihm über die Wange. „Ich will nur sagen, dass ich nicht von etwas wirklich Hässlichem überrumpelt werden, weil jemand die Wahrheit vor mir verborgen hat."

Er verzieht das Gesicht und blickt nach unten. „Ich plane nicht, ihn dir nah genug kommen zu lassen, um dich mit irgendetwas zu überrumpeln. Aber ... es ist nett zu hören, dass du mich lieber behalten würdest, anstatt mich für Rache auszunutzen."

„Du bist niemand, den ich je ausnutzen wollen würde", murmle ich und er küsst mich so zärtlich, dass ich jetzt aus anderen Gründen Tränen in den Augen habe.

Aber er hat immer noch nicht meine Frage beantwortet. „Also denkst du, dass nur indem ich gehört hätte, was er mir schicken wollte – seine Drohungen, seine Wut, was auch immer – es mir solche Angst gemacht hätte, dass nur das Anhören seinen Zweck erfüllt hätte?"

„Das ist die Hälfte." Er lässt seine Hände langsam über meinen Rücken gleiten, um mich zu beruhigen. „Er wollte dir Angst einjagen, das ist sicher, und er wollte dich brechen. Also warum es anhören, wenn es dir nur wehtut?"

Das ergibt schließlich Sinn, auch wenn es mir nicht die Informationen bringt, die ich vielleicht brauchte. „Kontaktiere Prometheus, wenn du das kannst. Ich brauche wirklich keine fiesen Überraschungen", überlege ich. „Obwohl ich denke, dass ich ihn einfach um eine Zusammenfassung bitten werde, anstatt mir das anzuhören, was Marvin gesagt hat. Ich bin mir sicher, dass er ziemlich beleidigend war, jetzt, wo ich darüber nachdenke."

„Gut." Er seufzt erleichtert und küsst dann meinen Hals.

Ich spüre aufblühendes Verlangen in meinem Bauch und presse mich an ihn ... als sein Handy klingelt. Er tritt mit einem entschuldigenden Grinsen zurück. „Ich glaube, das ist das FBI."

Scheiße. Ich gehe zur Seite und setze den Teekessel auf.

Special Agent Carolyn Moss ist eine große, elegante Frau mit einem langen, beinahe silberfarbenen Zopf und ruhigem, offenem Verhalten. „Bringen wir uns zuerst auf den neuesten Stand", sagt sie ruhig, als sie durch meine Tür geht. „Ich fange an."

Sobald wir mit Pfefferminztee an meinem Esstisch sitzen, holt sie Ausdrucke aus ihrer Aktentasche und schiebt sie mir zu. „Ihr

Stalker, Marvin Ackerman, ist Verdächtiger bei mehreren Datenpannen sowie Belästigung, tätlichen Übergriffen und möglicherweise illegalem Vertrieb. Er folgt seit zehn Jahren den Anime Conventions im Land. Er wurde mehrere Conventions wegen seines Verhaltens verwiesen und ist in zwei Fällen in Gerichtsverfahren beteiligt. Mehrere Synchronsprecherinnen in den Vereinigten Staaten haben einstweilige Verfügungen gegen ihn."

Sie späht mit einem Stirnrunzeln auf ihre Notizen. „Zusätzlich dazu wurde seine Mutter wegen seiner Angriffe mehrfach ins Krankenhaus eingeliefert, hat sich aber geweigert, Anzeige zu erstatten."

Ich werde innerlich kalt. *Du Bastard. Deine eigene Mutter?* „Sie hat so für ihn gesorgt, weil sie Angst vor ihm hatte."

„So scheint es." Die Agentin sieht zwischen uns hin und her und hebt eine Augenbraue. „Wie viel wissen Sie über Marvin Ackerman?"

Ich gehe die ganze Geschichte durch, während Jake unter dem Tisch meine Hand hält. Hin und wieder trinke ich von meinem Tee und tue mein Bestes, mich zu beruhigen. Mein Magen ist verknotet, bevor ich überhaupt den Teil erreiche, wie er mich über die Straße in Jakes Gebäude hinein verfolgt hat.

Sie nickt. „Das bestätigt die Berichte, die Sie der Polizei gegeben haben. Als Ackermans Name in Verbindung mit den ‚Beweisen', die er uns geschickt hat, aufgetaucht ist, wurden wir uns der Verbindung zwischen seiner ‚Prügelei' und den Stalking-Vorfällen bewusst."

„Sie … wissen, dass Jake mich nur verteidigt hat, oder? Er hat Marvin jede Chance gegeben, mich in Ruhe zu lassen." Es ist mir unglaublich wichtig, dass Jake nicht für Marvins Taten verantwortlich gemacht wird. Er ist mein Held. Er verdient alles Gute – und nichts von der Neugier dieser Frau.

„Das habe ich gesehen. Mir wurde das ganze Überwachungsvideo zugespielt und ich habe es von Anfang bis Ende gesehen. Jake hat Sie vor Körperverletzung, Entführung und möglicherweise Schlimmerem bewahrt. Er wird wegen dieser Sache nicht festgenommen", sagt sie. „Allerdings hat Ackerman, jetzt wo er sowohl von der Polizei von Detroit und dem FBI kontrolliert wird, entschieden, diesen Fall öffentlich zu machen. Er hat die bearbeitete Version und seine Erklärung des Vorfalls online veröffentlicht und versucht, bei Ihnen beiden Rufmord zu begehen."

Ihre ernste Aussage sorgt dafür, dass Jake sich anspannt und ich innerlich kalt werde. „Wir können ihn damit nicht davonkommen lassen", keuche ich und wende mich dann Jake zu. „Kann dein Freund Prometheus helfen –"

Jakes Augen werden etwas größer und meine Wangen beginnen zu brennen. Ich habe den Namen ausgeplaudert, ohne vorher zu fragen, ob es überhaupt in Ordnung ist. Aber es ist die Reaktion der FBI-Agentin, die mich wirklich verunsichert.

Sie wird völlig steif und reißt die Augen auf. „Sie ... Sie wissen von Prometheus' Beteiligung bei dieser Sache? Was wissen Sie über ihn?"

Ich verstumme entsetzt, als sie sich erwartungsvoll Jake zuwendet.

KAPITEL 11

Jake

Na, Scheiße, Liebes. Ich kann nicht einmal wütend auf Josie sein. Sie ist unschuldig, unerfahren mit allem, was außerhalb des Gesetzes ist, und sie ist sehr aufgebracht. Aber dass sie Prometheus' Namen so ausplaudert, macht die FBI-Agentin plötzlich sehr interessiert an allem, was ich über ihn weiß.

„Der Kerl ist ein Computerexperte. Er kümmert sich für meinen Boss um IT und Internetsicherheit. Warum?" *Bleib einfach cool. Wenn sie denkt, du weißt nichts – was beinahe stimmt – wird sie einfach weitermachen.*

„Haben Sie irgendeine Ahnung, wie ich direkt mit ihm in Kontakt treten könnte? Von Angesicht zu Angesicht?" Ihr Starren irritiert mich ein wenig. Sie ist so entschlossen wie ein Gegner im Kampf.

„Von Angesicht zu Angesicht? Äh ... hören Sie, Special Agent Moss, ich enttäusche Sie nur ungern, aber ich weiß nicht einmal, ob der Boss diese Person je von Angesicht zu Angesicht gesehen hat. Ich weiß nicht mal, ob es ein Mann oder eine Frau ist." Ich bin Experte darin, unter Druck ruhig auszusehen, aber plötzlich rebelliert mein Inneres gegen das Steak und die Eier, die ich gegessen habe.

Der Boss sagt, sie sei eine Spionin, erinnere ich mich. Der Boss muss die Mittel haben, um sie zu kontrollieren, wenn sie zu neugierig wird. Aber meine Güte, zu ihm zu gehen bedeutet, zuzugeben, was Josie soeben ausgeplaudert hat und dass ich nicht daran gedacht habe, sie davor zu warnen. Konzentrier dich. Warum ist sie plötzlich so interessiert am Technologiekerl des Bosses?

„Er ist ein Mann", sagt die Beamtin plötzlich und klingt dabei so wehmütig, dass ich mich wirklich frage, worin ihr Interesse besteht. „Ich versuche nur, ihn zu erreichen."

„Wenn Sie den Boss wirklich kennen, dann wird es ihm leichter fallen als mir, Ihnen Kontakt zu diesem Kerl zu verschaffen. Ich kenne ihn nur durch Nachrichten und E-Mails." Anhand der Enttäuschung in ihrem Gesicht kann ich zwei Dinge sagen: Sie will diesen Kerl wirklich finden, und bisher hat ihr der Boss nicht geholfen.

Was bedeutet, dass ich ihr ebenfalls nicht helfen kann. Ich kann mich nur entschuldigen und hoffen, dass sie nicht der Typ ist, der seine Macht für Rache ausnutzt.

Sie scheint erschrocken zu sein, dass ich von ihrer Verbindung zu meinem Arbeitgeber weiß. Aber es ist das einzige wirkliche Druckmittel, das ich über sie habe, und sie beginnt, neugierig zu werden. Ich bin sicher, dass ihren Vorgesetzten der Gedanke nicht gefallen wird, dass sie eine Verbindung zu einem Milliardär hat, der eine Untergrund-MMA-Liga führt.

Wir sehen uns eine Sekunde lang an, dann nickt sie langsam. „Ich nehme an, das hätte ich erwarten sollen. Es stimmt mit dem überein, was ich bereits weiß." Sie runzelt die Stirn und ist ein paar erstarrende Sekunden lang stumm. Ich warte, während Josie meine Hand drückt.

„Machen wir mit dem Ackerman-Fall weiter." Sie klingt resigniert und Josies Griff lockert sich, als ich mich ein wenig entspanne. „Ich habe basierend auf all den verfügbaren Daten ein psychologisches Profil von Mr. Ackerman erstellt. Ihre Erfahrungen stimmen mit dem überein, was ich sehen konnte. Mr. Ackerman ist Narzisst. Er hat vermutlich eine Reihe weiterer psychischer Erkrankungen, einschließlich seiner Neigung zu Gewalt, seiner Frauenfeindlichkeit und anscheinenden Pädophilie, und seinem Stalking. Aber all diese sind auf sein übertriebenes Selbstgefühl, seine Arroganz, Missachtung anderen gegenüber und Besessenheit mit Bestätigung und Unterstützung für seine wahnhaften Vorstellungen über sich selbst zurückzuführen."

„Die findet man hin und wieder im Ring oder im Fitnessstudio", bemerke ich. Der riesige Wutanfall, den Marvin hatte, nicht nur als Reaktion auf Josies Flucht vor ihm, sondern aufgrund meiner Schläge, war nicht das Verhalten eines Mannes mit gutem Verständnis seines Platzes in der Welt. Ich sehe herüber und Josie nickt ebenfalls.

„Bitte fahren Sie fort, Agent Moss." Sie klingt sehr nachdenklich.

„Na ja, ein Individuum wie er gedeiht durch ein Gefühl der Kontrolle und Wichtigkeit. Leider ist Marvin ein gesellschaftlich Ausgestoßener mit schlechtem Verständnis von angemessenem Verhalten und ohne Interesse, daran zu arbeiten, seine Situation zu verbessern. Er ist von hoher Intelligenz und hat hoch spezifizierte Fähigkeiten in Verbindung zu seinen Interessen – überwiegend im Bereich von Computern. Da er von denen in seinem Umfeld nicht das bekommt, was er für nötig hält – oder von denen, die aus der Ferne sein Interesse wecken, wie Sie es getan haben – wird er zuerst versuchen, sie dazu zu zwingen, seinen Wünschen zu entsprechen. Wenn das nicht funktioniert, wird er versuchen, die Nonkonformisten zu bestrafen, weil sie ihn enttäuscht haben." Sie trinkt einen Schluck ihres Tees. „Er ist gut. Arabisch?"

„Russisch." Josie starrt abgelenkt in ihre Tasse. „Ich werde Ihnen ein paar Beutel geben. Der Name der Firma steht darauf."

„Danke." Agent Moss sieht zwischen uns hin und her und dieser wehmütige Ausdruck kehrt in ihr Gesicht zurück. Ich frage mich, ob ihre Suche nach Prometheus persönlich ist und gar nicht mit ihrem Job zu tun hat.

Aber als sie fortfährt, ist sie rein geschäftlich. „Seine Wut und Besessenheit kommen durch sein Verlangen nach Kontrolle, und seine Gewalt ist lediglich der Ausdruck dessen. Er strebt absolute Macht über diejenigen an, von denen er besessen ist, aber er hat keine Kontrolle über sich selbst."

„Einen Kerl wie ihn im Ring kann man mühelos wütend machen", überlege ich. „Sobald ein Kämpfer die Fassung verliert, verliert er die Kontrolle und macht Fehler."

„Ja, darüber haben wir vorhin gesprochen. Das macht es leicht, ihn zu provozieren." Josie presst die Lippen aufeinander und blickt auf den Tisch. „Er will mich zerstören, weil er mich nicht haben kann."

„Und wahrscheinlich, weil Sie nicht in seine narzisstischen Fantasien passen. Er hat eine Rolle für Sie in seinem Leben kreiert und sieht es als Ihre Verpflichtung, dieser nachzukommen. Je mehr Sie zu sich stehen und kein Interesse daran zeigen, ihm zu gehorchen, desto wütender wird er." Sie sieht zu Josies Wohnungstür. „Er hat sich dabei wahrscheinlich verletzt, was ihn zum Rückzug gezwungen hat. Das würde ebenfalls erklären, warum er keine weiteren physischen Verbrechen begangen oder versucht hat, Sie physisch zu finden."

Ich habe absolut kein Problem damit, mir diesen Idiot vorzustellen, bereits mit aufgeplatzter Lippe und einem fehlenden Zahn dank mir, wie er sich ein oder zwei Knochen bricht, während er mit seiner kindischen Wut auf diese verdammte Tür losgeht. Aber Josie sieht besorgt aus.

„Wir müssen ihn aus seinem Versteck locken", sagt sie, während sie immer noch abgelenkt in ihren Tee starrt.

„Ja, ansonsten wird die örtliche Polizei schnell weiterziehen, wenn man Detroits hohe Verbrechensrate bedenkt, und unsere Hilfe wird so schnell verschwinden wir unsere anderen Zeugen." Moss' Stimme erinnert mich ein wenig an die des Bosses – sie ist fast eisig ruhig.

„Das bedeutet, dass wir ihn wütend machen müssen." Josie schluckt. „Ich muss ihn wütend machen. Sehr wütend."

„Das sollte bei ihm nicht schwierig sein." Ich nehme einen großen Schluck Tee und unterdrücke den Drang, zu protestieren. Ich bin gegen alles, was diese süße junge Dame wieder ins Visier bringt. Aber wir haben keine Zeit mehr und ich weiß nicht, was dieser Mistkerl als Nächstes tun wird. „Er ist derjenige, der im Sichtfeld mehrerer Überwachungskameras eine Straftat begangen hat."

Josie bekommt wieder diesen nachdenklichen Gesichtsausdruck. „Ich denke, ich weiß, wie ich ihn so wütend machen kann, dass er herauskommt."

„Oh?" Die Agentin konzentriert sich allein auf sie, während ich mir die Hand auf den Mund pressen muss.

Es ist nötig. Aber es ist nicht sicher, und das weiß ich, bevor sie ihre Gedanken überhaupt laut ausspricht.

„Er versucht, uns beide zu diffamieren", sagt sie bestimmt. „Also werde ich auch vor das Gericht der öffentlichen Meinung ziehen. Ich werde eine Pressekonferenz abhalten und allen die Wahrheit über Marvin Ackerman und das erzählen, was er mir angetan hat."

Meine Backenzähne beginnen zu schmerzen. *Sei still, Jake, lass sie tapfer sein.*

„Das wird definitiv effektiv sein, sowohl beim Eindämmen der Gerüchte als auch der Entblößung des Verdächtigen", stimmt Agent Moss zu. „Aller Wahrscheinlichkeit nach wird er nicht widerstehen können, bei der Pressekonferenz aufzutauchen, wenn sie zuvor angekündigt wird."

„Und dann können wir ihn uns schnappen." Ich korrigiere mich. „*Sie* können ihn schnappen."

Moss sieht mich an und nickt. „Ja. Aber ich sollte Sie warnen, dass jemand noch gefährlicher wird, wenn er unter einer so starken narzisstischen Störung leidet. Er wird vielleicht seine eigene Sicherheit zugunsten dessen missachten, was er als Rechtfertigung sieht."

Josie sieht besorgt aus, dann hebt sie das Kinn. „Jake wird da sein. Sie werden mit einer verdammten Waffe dort sein, und es wird in der Öffentlichkeit stattfinden. Wenn es all das beendet, dann bin ich bereit, das Risiko einzugehen."

Aber ich bin es nicht, will ich sagen, selbst als die Agentin und ich zustimmend nicken.

KAPITEL 12

Josie

Ich habe noch nie zuvor eine Pressekonferenz einberufen. Aber nachdem ich die Polizei und meinen Anwalt so gut wie möglich auf den neuesten Stand gebracht habe, ohne Jakes Boss oder die Arena zu erwähnen, gehe ich online und tue genau das. Ich verkünde traurig, dass ich wegen den Handlungen eines hartnäckigen Stalkers möglicherweise eine Pause von meinen Synchronisationstätigkeiten nehmen und auf der Konferenz alle Details und meine Pläne nennen werde.

Ich verkünde es in den sozialen Medien, auf meiner Webseite und auf Fanseiten für meine Arbeit. Es dauert ein paar Stunden. Jake hat bereits seinen Boss angerufen, der darauf besteht, dass wir die Konferenz tagsüber im Nachtclub abhalten, wenn er geschlossen sein wird, er den Raum aber mit Security füllen kann. Damit geht es mir ein klein wenig besser.

Ich bin von der Menge an Reaktionen überrascht. Anime-Blogger, Leute in der Branche und Nachrichtenreporter beginnen alle, ihre Anwesenheit anzukündigen und schreiben mir Fragen. Ich bekomme innerhalb der ersten Stunde dutzende davon und es hört nicht auf.

Es gibt auch Hass – nicht proportional, aber obwohl ich noch keine Details genannt habe, beginnen ein paar Anonyme und Nicht-Anonyme, mich anzufauchen. Interessanterweise sind sie alle wütend darüber, dass ich an den Ruhestand denke ... alle, bis auf einen, der mich ermutigt, es zu tun und mich als Hure bezeichnet.

Ich leite die Hassnachrichten an Jake weiter, der sie sowohl an die FBI-Agentin und an Prometheus schickt, um sie nachzuverfolgen. Ich beantworte Fragen, die mir geschickt werden, lehne aber höflich alle Anfragen ab, ein Transkript oder Details vor der tatsächlichen Konferenz zu veröffentlichen. Die Idee besteht darin, die Leute tatsächlich herzubringen, und diese Details sind der Köder.

Genau wie ich.

„Ich fühle mich nicht gut, dass du dich einem solchen Risiko aussetzt", gibt Jake spät am Abend zu, nachdem er mich endlich mit der doppelten Verlockung aus Sex und Pizza vom Computer weggeholt hat. Er zieht mich eng an sich, als wir wieder zu Atem kommen und auf unsere Lieferung warten. „Er könnte eine Waffe in die Finger bekommen."

„Vielleicht. Aber es wir deine bewaffnete FBI-Agentin und das Sicherheitsteam deines Bosses da sein, um dir bei meinem Schutz Verstärkung zu bieten." Ich zögere, bevor ich besorgt zu ihm aufsehe. „Äh. Dave ... wird das Sicherheitsteam nicht anleiten, oder?"

Er wirft mir einen ironischen Blick zu. „Dave arbeitet nicht mehr für den Boss, Baby. Ich werde das Sicherheitsteam selbst anleiten."

„Oh." *Gut.* Sofort fühle ich mich schuldig, das gedacht zu haben. Daves eine Handlung, mich in das Gebäude zu lassen, *hatte* mir geholfen.

Aber alles danach war dank ihm eine Katastrophe gewesen, einschließlich dessen, dass er Marvin hatte entkommen lassen. „Ich fühle mich wesentlich sicherer, wenn du die Kontrolle hast."

Er lächelt und küsst meinen Hals. Ich unterdrücke eine Welle des Verlangens, da ich dem Zimmerservice keine Show bieten will, wenn er endlich kommt. Ich bin mutiger geworden ... aber nicht *so* mutig.

Später, mit fertigten Plänen und gefüllten Bäuchen, die Körper durch den Sex erschöpft, rolle ich mich an einem schlafenden Jake ein und denke erneut darüber nach, welches Glück ich hatte, ihn gefunden zu haben. *Es würde Marvin verrückt machen, zu realisieren, dass ich Jake vielleicht nie getroffen hätte, wenn er nicht gewesen wäre.*

Ich werde definitiv nicht erlauben, dass Marvin uns auseinandertreibt. Egal, was passiert, egal, was er sagt oder tut, ich bleibe genau hier.

Aber ich habe immer noch ein wenig Angst. Es hält mich noch lange nach Jake wach, obwohl ich in seinen Armen liege. Ich wünschte nur, ich wüsste, was Marvin tun wird.

Am nächsten Abend öffnet der Nachtclub früh um sieben – aber die Türsteher lassen nur Anime-Fans und Reporter herein. Ihnen wurde gesagt, dass sie auf alle achten, auf die Marvins Beschreibung passt, und es Jake sofort mitteilen sollen.

Ich habe einen einfachen lavendelfarbenen Rock und eine Spitzenbluse angezogen, mein Haar ist zum Knoten gebunden, mein Make-up mädchenhaft und konservativ zugleich. Als ich die dämmrige, ruhige Kaverne des Clubs betrete, zeigen die großen Flachbildschirme an den Wänden Videos von meinen Anime-

Charakteren. Ich bin auf der niedrigen Bühne, vor mir ist ein Podium, auf dem ein Stapel Notizen liegt ... es ist genauso, als würde ich auf einer normalen Convention sprechen.

Ich falle in meine Rolle der unschuldigen, jungen Synchronsprecherin, während mein Blick über die Menge geht. Noch keine Spur von Marvin.

Ich weiß, dass zwanzig Wachmänner im Raum verteilt sind – zehn in Straßenklamotten, zehn in der Uniform des Clubs, bestehend aus Cargohose, Baseballmütze und engem T-Shirt mit dem Iron Pit-Logo darauf – alle darauf wartend, auf Jakes Anweisung hin zuzuschlagen. Jake steht direkt am Rand der Bühne, in einem lockeren Shirt, aber in derselben Uniform, und steht dauerhaft durch ein Mikrofon, wie es normalerweise der Secret Service trägt, mit seinen Männern in Kontakt. Aber ich bin trotzdem sehr nervös.

Endlich schlägt es halb acht und die Türen werden geschlossen. Jake lauscht aufmerksam etwas in seinem Mikrofon. Ich kann sehen, wie die Wachmänner beginnen, die Menge zu durchsuchen. Marvin ist hier irgendwo, der Türsteher muss gesehen haben, wie er hereingekommen ist.

Jetzt müssen wir dafür sorgen, dass er sich so in der Menge zeigt, dass die anderen auf ihn losgehen können. Mit vor Angst flatterndem Magen trete ich an das Mikrofon und schalte es an.

„Hallo", sage ich mit der freundlichsten, fröhlichsten Stimme, die ich aufbringen kann. „Danke für euer Kommen! Ich wollte euch allen sagen, was passiert ist, dass ich meinen Ruhestand in Erwägung ziehe, und was ich entschieden habe, zu tun. Dann werde ich eure Fragen annehmen. Okay?"

Eine Welle geht durch die Menge. Normalerweise versuche ich, mich mit ihnen zu verbinden, ihnen in die Augen zu sehen, ihnen das Gefühl zu geben, sich erkannt und mit eingeschlossen zu fühlen, wenn ich mit dem Blick über sie schweife. Aber im Moment suche ich nur nach Marvin.

Der Bildschirm zeigt plötzlich den Beginn des Überwachungsvideos, wie ich geschlagen werde. „Viele von euch haben mir auf den Fanseiten und meinen sozialen Medien Nachrichten geschickt und nach diesem Video gefragt. Ich bin hier, um es richtigzustellen. Das Erste, was ihr wissen solltet, ist, dass das, was online veröffentlicht wurde, nur ein kleiner Teil eines wesentlich längeren Videos ist, das von den Überwachungskameras aufgenommen wurde. Dieses Segment wurde online von einem Hacker veröffentlicht, der sich YokaiPrince nennt. In Wirklichkeit ist er der Mann in dem Video. Sein Name ist Marvin Ackerman."

Ein weiteres Murmeln geht durch die Menge. Ich sehe ein paar nickende Köpfe, ein paar Menschen, die mit den Augen rollen. Er ist in den Online-Foren bekannt, vermutlich dafür, dass er dort ein genauso fürchterlicher Mensch ist wie im realen Leben auch.

„Ackerman hat den Videoausschnitt und andere Fehlinformationen online veröffentlicht und sogar versucht, die Polizei miteinzubeziehen, um zu versuchen, den anderen Mann, meinen Freund, festnehmen zu lassen und den Ruf des Geschäfts zu schädigen, bei dem er arbeitet. Er lügt. Ich werde euch das ganze Video zeigen, um es zu beweisen." Ich zwinge Entschlossenheit in meine Stimme, recke das Kinn und beschwöre die tapferste meiner Rollen, obwohl mir überhaupt nicht danach ist.

Ich blicke in Jakes Richtung. Er beobachtet mich mit Argusaugen, schenkt mir ein Lächeln und streckt beide Daumen in die Höhe. Es rüttelt mich wach und ich fahre fort.

„Marvin Ackerman stalkt mich seit sechs Monaten. Das ist sowohl eine Sache der Öffentlichkeit als auch des Gesetzes. Ich habe eine einstweilige Verfügung gegen ihn erlassen und er hat sie durchgängig ignoriert." Ich höre schockiertes Schnappen nach Luft und leises Fluchen.

Meine Wut, die ich durch all die Angst hindurch kaum gespürt habe, wird jetzt angefacht, als ich die Anime-Welt wissen lasse, was für ein Mann Marvin Ackerman ist. Es gibt mir noch mehr Kraft.

„Er ist zu meiner Arbeit gekommen. Er hat meine privaten Informationen gestohlen. Er hat mir tausende obszöne Drohmails und Nachrichten geschickt. Er hat mich dazu gezwungen, dreimal meine Telefonnummer zu ändern."

Viele in der Menge beginnen ebenfalls, wütend und entsetzt auszusehen. Ein Reporter aus Tokio, ein älterer, bärtiger Mann mit Brille, schüttelt den Kopf und murmelt missbilligend auf Japanisch in der ersten Reihe.

„Vor zwei Abenden, habe ich meine Wohnung verlassen, um eine Besorgung zu erledigen, als ich Ackerman entdeckt habe, wie er sich an mein Auto lehnte." Die Menge bewegt sich mehr, als dass die Wachmänner ihre Suche fortführen. *Ich wünschte, es wäre hier drin nicht so dunkel.*

Vielleicht hätte ich ihnen sagen sollen, wie er riecht, nicht wie er aussieht. Ich blicke zu Jake, der ebenfalls beginnt, frustriert auszusehen.

Mach weiter. Er wird die Fassung verlieren und schreien oder zu mir rennen. Und dann werden sie ihn sich schnappen.

„Er hat mich verfolgt, also bin ich über die Straße zu diesem Gebäude gerannt, wo sich mein Freund Jake für seine Schicht vorbereiten sollte. Ich habe an die Tür geklopft. Der Schichtmanager hat mich hereingelassen. Marvin hat sich in das Sicherheitssystem gehackt und kam herein, während ich nach einem

Versteck suchte. Der Rest ist auf dem Video. Ich werde es kommentieren."

Das Video beginnt, auf jedem der vier Bildschirme ist je ein Kamerawinkel zu sehen. Ich höre ein kollektives Schnappen nach Luft und blicke zurück, um zu sehen, wie ich an die Glastür hämmere, im Versuch, die Aufmerksamkeit des Mannes im schwarzen Pick-up zu erregen. Der Mann, der sich Gott sei Dank als Jake herausstellte.

Erneut geht Empörung durch die Menge, als Marvin auf dem Video auf mich zu rennt und mich greift, um mein Gesicht in das Glas zu schlagen. Ich spüre, wie sich mein Magen zusammenzieht, als mein eigenes Abbild kämpft und blutet, da ich mich an meinen Schrecken erinnere.

Sekunden später öffnet Jake die Tür und kommt zu meiner Rettung.

„Wie ihr sehen könnt, als mein Freund diesen Kerl geschlagen hat, lag es daran, dass Ackerman mich verfolgt und versucht hat, mich vor ihm bewusstlos zu schlagen. Ackerman hat mich auch nach mehreren Warnungen nicht losgelassen. Ihr könnt es hier selbst sehen."

Ich fühle mich plötzlich leer, erschöpft, als hätte ich Gift hochgewürgt. Tränen brennen mir in den Augen. „Wenn er nicht gefunden und aufgehalten wird, dann denke ich nicht, dass ich noch ein öffentliches Leben haben kann, nicht einmal als Synchronsprecherin."

Ich höre Schreie der Empörung, brodelnde Wut, und für einen schrecklichen Moment denke ich, dass sie alle auf mich wütend sind. Aber dann höre ich, was sie sagen.

Der japanische Reporter bezeichnet Marvin als abscheulichen Idioten. Ein großer Kerl, der Marvin nur in Bart und Profil ähnlich sieht, grummelt darüber, wie sich seine Tochter die Augen ausweinen wird, wenn dieser Bastard damit durchkommt. Ein paar Frauen haben Tränen in den Augen.

Heilige Scheiße. Die Erkenntnis, dass sie auf meiner Seite sind, schockiert mich auf angenehme Weise. Ich war so lange deprimiert gewesen, dass ich nicht einmal daran gedacht hatte, dieselben Leute um Hilfe zu bitten, die meine Karriere ermöglicht hatten.

Ich senke den Kopf über dem Podium. „Vielen Dank für euer Verständnis –"

„Ohh!"

Ein Schrei der Verzückung ertönt durch mein Mikrofon. Weiblich. Bekannt. Es ist meine Stimme.

Ich erstarre vor Schock, als ich mich seufzen höre. „Das fühlt sich so gut an …"

Entsetzt schalte ich das Bluetooth-Mikrofon aus, während ich Jake höre, wie er dem Tontechniker zuruft, er solle abschalten. Das Geräusch hört auf, während ich mich verwirrt umsehe.

„Wartet bitte! Irgendetwas stimmt nicht mit dem Soundsystem." Ich lächle sie an und werde rot, während mein Körper von kalten Schockwellen durchfahren wird.

Was war das? Was hat Marvin getan?

Ich drehe mich zu Jake um – und als ich die rasende Wut in seinem Gesicht sehe, weiß ich es. Und er weiß, dass ich es weiß.

Das Mikrofon meines Handys. Die Nacht, in der Jake und ich zum ersten Mal miteinander geschlafen haben. Dieses Monster hat uns ausspioniert! Er hat es aufgenommen! Er spielt es jetzt ab!

„Die Unannehmlichkeiten tun mir leid. Ich bin mir nicht sicher, was los ist –", stammle ich, als sich das volle Entsetzen über diese Verletzung der Privatsphäre über mir ergießt.

„Hört zu!", ertönt ein Kreischen aus dem hinteren Teil des Raumes. Alle Köpfe drehen sich – und plötzlich springt die Menge von einer Stelle zurück, als wäre sie von etwas abgestoßen. Ich recke den Hals und sehe Marvin aus dem Schatten kommen, wie er sein Handy in die Höhe streckt.

Die Geräusche meines ersten Mals mit Jake ertönen aus den kleinen Lautsprechern, während er es schwenkt. Über die schockierten und wütenden Schreie, die um ihn herum ausbrechen, ist es kaum zu hören. Aber seine Stimme strengt sich so an, die lauteste zu sein, dass sie bricht.

„Hört euch an, wie sich eure perfekte Prinzessin einem Mann an den Hals wirft, den sie erst kennengelernt hat! Sie ist eine Hure! Sie ist eine verdammte Hure! Hier ist der Beweis!"

Ich öffne entsetzt den Mund, als er fortfährt und zur Bühne rennt, so entschlossen, dass er einen Überwältigungsversuch von einem der Sicherheitsmänner abschüttelt. „Er ist nicht ihr Freund! Sie lieben sich nicht! Sie mag ihn nur, weil er heißer ist als ich!"

Neben mir höre ich wildes Knurren der Wut. Ich drehe mich um und sehe Jake, der angespannt ist, als würde er gleich von der Bühne springen und Marvin zu rotem Mus verarbeiten.

Ich muss diese Konfrontation beenden, bevor sie anfängt, sonst geht Jake ins Gefängnis.

Ich nehme all meinen Mut zusammen, stemme die Hände in die Hüften und recke das Kinn. „Na, hallo, Marvin!", schreie ich.

Die Menge verstummt und lauscht meiner Antwort. Ich lehne mich nach vorne und starre ihm direkt in die Augen, während er sich zu mir durchkämpft. Die Sexgeräusche kommen immer noch aus seinem Handy. Es braucht meine ganze Kraft, sie zu ignorieren und weiterzumachen.

„Die Kehrseite eines Nilpferdes ist heißer als du, Marvin. Dazu braucht es nicht viel!"

Er erstarrt und öffnet den Mund. Ich sehe zu, wie sein Gesicht von Weiß zu Rot und wieder zu Weiß übergeht, während Gelächter in der Menge ertönt.

„Und würdest du endlich deinen Porno-Klingelton abschalten? Wir stehen es. Du bist ein Perverser. Es ist widerlich." Ich beschwöre dreizehnjährige, gemeine Mädchen und meine Stimme trieft vor Verachtung.

„Aber ... das bist du!" Er scheint völlig verblüfft zu sein, dass ich nicht unter Tränen zusammenbreche und ihn anflehe, aufzuhören. „Das bist du da drauf!"

„Nein, bin ich nicht!" Meine Antwort ist pampig und abweisend. In mir bricht ein Teil zusammen, mein Herz schmerz und brennt in einer Brust, die öffentliche Demütigung droht, mich zu überwältigen. Aber erneut spricht das Gericht der öffentlichen Meinung.

„Mann, das klingt nicht mal nach ihr!", grummelt der Bärtige. Köpfe nicken. „Und selbst wenn sie es wäre, welcher kranke Widerling stalkt ein Mädchen und nimmt sie auf, wie sie mit ihrem Freund schläft?"

„Er ist nicht ihr Freund!", kreischt Marvin, obwohl die Männer durch die Menge auf ihn zuströmen. „Ich bin es! Sie gehört mir!"

„Nein, tue ich nicht!", schreie ich mit der Gehässigkeit und Wut aus Monaten dahinter zurück. „Ich werde nie mit dir zusammen sein!"

Ich höre die Menge schreien, bevor sich der Nebel aus Zorn so weit lichtet, dass ich sehe, was sie so beunruhigt. Ich erkenne etwas Dunkles in Marvins Händen. Er richtet es auf mich, sein Gesicht ist violett und vor Hass verzerrt.

Alle sind durch einen Metalldetektor gegangen, denke ich benommen und ungläubig, bevor ich realisiere, dass das Objekt aus Polymer besteht. Eine Leuchtpistole.

Das Podium ist zu schmal, um mich dahinter zu verstecken.

Die Zeit verlangsamt sich. Meine Augen werden groß. Ich spanne mich an, um mich zur Seite zu werfen, der weite Lauf wird grell und Marvin grinst verrückt und mit Tränen in den Augen. Dann landet etwas Großes auf mir und wirft mich zu Boden.

Es ist Jake – der mich bedeckt, abschirmt. Ich höre Marvin frustriert aufschreien und dann den dumpfen Aufschlag des Sicherheitspersonals, wie es ihm umwirft. Und ein paar glückliche Sekunden lang denke ich, dass doch alles in Ordnung ist.

Wir haben ihn! Er hat sein Bestes versucht und ist wieder und wieder gescheitert, und jetzt wird ihn das FBI für immer aus unserem Leben entfernen!

„Wir haben es geschafft, Jake!", keuche ich und drehe mich in seinen Armen, um ihn zu umarmen. Er reagiert nicht.

Jemand ruft nach einem Krankenwagen.

„... Jake?"

Er ist schlaff in meinen Armen. Und dann rieche ich es. Versengter Stoff ... und verbranntes Fleisch.

„Jake!", schreie ich entsetzt und setze mich auf. Ich entdecke, was die Leuchtkugel mit seiner Seite angerichtet hat ... und breche über ihm zusammen, bevor mein Sichtfeld grau wird und dann gänzlich verblasst.

KAPITEL 13

Jake

Ich wache auf und starre eine Krankenhauswand an. Ich bin auf einer Seite gestützt, die andere ist von meinem Unterarm bis zu meiner Hüfte bandagiert. Mein Kopf ist durch die Medikamente benebelt, aber ich kann trotzdem den Schmerz unter dem Verband spüren.

Ich sehe mich um, betrachte das kleine Zimmer, die leicht verwelkten Blumensträuße auf dem Regal gegenüber meines Betts und die Schläuche und Sensoren, die in oder an mir sind. Ich kann mich nicht umdrehen, um hinter mich zu blicken, aber ich höre ein raschelndes Geräusch, das mir sagt, dass noch ein Bett in dem Zimmer ist.

Dann rieche ich ein bekanntes Parfüm und erkenne, wer der andere Bewohner ist. Mein Herz hüpft. „Josie?"

„Jake?" Ich höre das Aufprallen nackter Füße auf dem Fliesenboden, dann eilt sie her, um mich anzusehen.

Es ist definitiv nicht derselbe Abend, realisiere ich mit sinkendem Herzen. Sie trägt nicht mehr diese süßen Klamotten, sondern ein pinkfarbenes Flanellnachthemd mit Kitten darauf. „Hi Baby." Ich schenke ihr trotz meiner Verwirrung ein Lächeln.

„Du bist wach!" Ihr Gesicht beginnt zu strahlen und sie lehnt sich über mich, um mich vorsichtig zu umarmen, wobei sie den bandagierten Bereich meidet. „Ich habe dich so sehr vermisst. Wie fühlst du dich?"

„Als hätte ich für die Liebe eine Leuchtkugel in die Rippen bekommen, Baby. Was denkst du, wie ich mich fühle?" Ich sehe ihr Gesicht und drücke schnell ihre Hand. „Es ist in Ordnung. Du bist es wert."

Ihre Augen füllen sich mit Tränen und sie lächelt. „Danke, Jake. Für alles."

„Kein Problem. Also, was habe ich verpasst? Wie lange war es?" Ich lehne mich für einen Kuss nach oben ... aber ihr Lächeln verblasst leicht, bevor sie mir einen gibt.

„Drei Wochen", gibt sie schließlich zu. „Du warst sediert. Sie mussten Hauttransplantate machen und sowas. Aber es heilt."

Drei Wochen? Heilige Scheiße. Das sind viele verpasste Kämpfe und Trainings. Aber das ist in Ordnung. Ich habe mich schon von gebrochenen Knochen und Gehirnerschütterungen erholt.

Verbrennungen heilen ebenfalls. Und ich werde diese besondere Narbe mit Stolz tragen.

„Okay, entschuldige, das kommt mir einfach irgendwie verrückt vor. Was ist passiert, nachdem ich angeschossen wurde?" Ich versuche, meine Stimme fröhlich zu halten, aber hauptsächlich fühle ich außer des Schocks ... Erleichterung.

Es ist erledigt. Ich habe meine Geliebte verteidigt, mit deren Gesicht ich jeden Tag aufwachen will und deren Namen ich nie vergessen werde. Und obwohl ich einen ernsthaften Schlag eingesteckt habe ... ich habe es überlebt.

„Marvin ist zusätzlich zu allem anderen wegen versuchten Mordes in den Knast gewandert. Agent Moss hat ihn festgenommen und wir haben seither nicht mehr von ihm gehört. Der Prozess beginnt nächste Woche. Ich sage gegen ihn aus." Sie klingt ruhig, entschlossen. Es ist schön, das zu hören.

„Das werde ich auch tun, wenn ich mich bis dahin aus diesem Bett befreien kann." Das hoffe ich wirklich. Im Moment fühlt sich mein Körper, der normalerweise zu so viel fähig ist, schwer und nutzlos an.

„Na ja, die Ärzte sagen, dass du gut heilst, auch wenn du es noch mit Wundpflege und vielleicht plastischer Chirurgie zu tun haben wirst." Sie sieht traurig aus, beinahe beschämt.

„Hey, zieh nicht so ein Gesicht, Liebling. Ich werde wieder gesund. Ich würde eine echte Kugel für dich abfangen, wenn ich müsste." Ich meine es von ganzem Herzen.

Sie nickt, schluckt schwer und wischt sich über die Augen. „Entschuldige. Es war nur eine lange Zeit und ich war so besorgt. Die Polizei hat eine förmliche Entschuldigung an deinen Boss veröffentlicht, weil sie sein Etablissement mit einem anderen illegalen Geschäft mit gleichem Namen verwechselt und die Razzia durchgeführt haben. Und, äh, ich habe immer noch all meine Fans und niemand glaubt, dass ich ... du weißt schon ... eine Hure bin." Sie beißt sich auf die Lippe und wendet den Blick ab.

„Es tut mir so leid, dass er das getan hat, Baby." Ich hebe unbeholfen die Hand, um ihr durch das Haar zu fahren.

„Wusstest du, dass er uns aufgenommen hat?", fragt sie leise.

Ich erstarre, dann schließe ich die Augen. „Ja. Habe ich. Aber ich wusste nicht, was ich dagegen unternehmen sollte."

Sie runzelte die Stirn. „Ich habe dir gesagt, dass ich nicht überrumpelt werden wollte."

„Und Prometheus hat mir verdammt nochmal gesagt, dass alle Kopien dieser verdammten Aufnahme verschwunden seien." *Sie hätte nie wissen sollen, dass er versucht hat, diese wunderschönen Erinnerungen als Waffe gegen uns zu verwenden.*

„Bis auf die persönliche, die Marvin auf seinem Handy hatte", korrigiert sie mit schmerzverzerrtem Gesicht. „Ich … habe immer noch Albträume von diesem Moment."

„Es tut mir so leid, Baby. Ist das … ein Ausschlusskriterium?" Ich bin es nicht mehr gewöhnt, mich unsicher zu fühlen. Nicht, seit ich zum Mann geworden bin. Selbst mit all den Beruhigungsmitteln spüre ich eine kalte Welle der Sorge.

Aber dann lacht sie und schüttelt den Kopf, woraufhin sich das Gefühl sofort auflöst. *Oh, Gott sei Dank.*

„Ich bin nicht glücklich, dass du das getan hast. Aber ich weiß, dass du es gut gemeint hast. Und dann bist du fast gestorben, weil du versucht hast, mich zu beschützen. Das hast du auch getan, als du die Wahrheit vor mir verborgen hast, so sehr ich es auch hasse." Sie streichelt meine Hand mit ihrer kleinen.

„Ich werde es nicht wieder tun", verspreche ich und sie wirft mir einen fast strengen Blick zu.

„Na, das will ich auch hoffen, denn ich kann nicht mit jemandem zusammen sein, der das gewohnheitsmäßig tut." Ihre Stimme ist bestimmt und ich nicke, dann grunze ich und frage mich, warum es sogar wehtut, meinen Kopf zu bewegen. „Außerdem wirst du von jetzt an nicht nur mich enttäuschen, wenn du das tust."

„Wie bitte?" Sie streicht mit der Hand über ihren flachen Bauch. „Habe ich etwas verpasst?"

„Ich in schwanger", gibt sie zu.

Ich starre sie an. *Oh ... scheiße.*

„Du ... äh ... erinnerst dich an das eine Mal, als ich dich aufgeweckt habe –", beginnt sie und ich unterbreche sie.

„Liebling, das ist unter den Top Zwanzig meiner besten Erinnerungen. Natürlich erinnere ich mich daran." Die Lust. So stark, so süß, so voller Verbundenheit. Ein Orgasmus, so intensiv, dass meine Erinnerung die Empfindung nicht eindeutig behalten konnte.

Aber dann realisiere ich es und mir fällt die Kinnlade herunter.

Heilige Scheiße. Sie hat es nicht absichtlich ungeschützt getan. „Hast du das Kondom vergessen?"

Sie nickt und wird rot. „Es tut mir leid. Es ist nur ... weißt du, ich kann wirklich nicht wütend sein, weil du es verbockt hast, weil ... ich es auch getan habe."

Ich lasse den Kopf auf das Kissen fallen und blase vor Überraschung die Wangen auf. „Na, verdammt."

„Ich will es behalten", sagt sie zögernd. „Aber ich, äh, wollte mit dir darüber reden, bevor ich eine Entscheidung treffe."

Ich starre langsam blinzelnd die Wand an und dann wieder sie. „Ich ..." Sie spannt sich an und ich spüre eine Welle der Wärme in mir, als ich meine Chance sehe, wirklich jeden Morgen neben ihr aufzuwachen ... so, wie ich es bereits will.

„Das Kind wird einen Vater brauchen", sage ich nachdrücklich. „Und ich brauche dich. Also nehme ich an, dass das geklärt ist."

EPILOG

Carolyn

„Also wollen Sie mir sagen, dass das Iron Pit wirklich nur ein verdammter Nachtclub und Ares nur ein Türsteher ist? Die ganze verdammte Sache mit einem Boxring aus Gesetzlosen im Warenhausdistrikt von Detroit ist nur ein Hacker-Gerücht?" Daniel schnaubt und prustet am Telefon, so offen enttäuscht wie ein Kind.

„Das ist, was die Polizei in ihrem Bericht sagt. Die ganze Sache war nur ein Hacker auf Rachefeldzug, der Internetgerüchte genutzt hat, um zu versuchen, die Mitarbeiter des Nachtclubs und Josephine Cotter zu ‚bestrafen'." Nur, dass es so viel mehr ist als das.

Ich bin mir absolut sicher, dass die Arena existiert, auch wenn sie das vielleicht nicht innerhalb dieses Gebäudes oder sogar innerhalb von Detroit tut. Aber verglichen mit Marvin Ackerman, ist Jake Ares kaum ein Krimineller. Und er ist eindeutig keine Gefahr für andere.

Ich weiß nicht, ob ich bereit bin, Vater zu sein – oder eine Ehemann.

Aber ich bin daran gewöhnt, die Dinge so zu nehmen, wie sie kommen, und mich durchzusetzen.

„Bist du sicher?", haucht sie und hüpft dabei ein klein wenig, als könnte sie sich nicht beherrschen.

Ich grinse trotz des Schmerzes. „Ja."

Josie lächelt.

Ihm dabei zuzusehen, wie er eine verdammte Leuchtkugel in die Seite abfängt, um die Frau zu beschützen, die er liebt, hat etwas mit mir angestellt, das ich nicht erwartet habe. Niemandem war ich je so wichtig, dass er ein solches Risiko eingehen würde. Und jetzt, während ich in Detroit alles beende, merke ich, wie sehr ich mit der Einsamkeit kämpfe.

Daniel wirft mit einem Grunzen etwas an die Wand seines Büros, das dumpf aufprallt. „Scheiße! Ich kann es nicht glauben!"

„Hey. Ich habe dem FBI eine Blamage erspart und den Kerl erwischt, der Ihnen all die Schwierigkeiten gemacht hat." Ich nutze besänftigenden Tonfall, obwohl ich insgeheim grinse.

Er schnaubt. „Ja, okay, dieser Teil stimmt. Also sind Sie mit den Cops und dem Clubbesitzer fertig?"

„Alles hier ist erledigt. Hat eine Weile gedauert, wegen all der Rechtsfragen, aber ja, endlich ist alles unter Dach und Fach." Und ich bin froh. Ich habe den ganzen Februar in Detroit verbracht und habe es jetzt satt.

Er weiß nicht, dass ich, während ich mit den Häuptlingen der Detroiter Polizei über den Gewahrsam des Verdächtigen gekämpft und vergeblich versucht habe, den Clubbesitzer persönlich zu sehen und Zeugen zu beschaffen, gleichzeitig jede Nacht damit verbracht habe, die Stadt nach Prometheus abzusuchen.

Ich habe ihn angefleht, sich mit mir zu treffen. Er wollte nicht. Ich habe darüber geweint, geflucht, bin jeder Spur gefolgt, die ich finden konnte ... um Nirgendwo anzukommen.

Schließlich hatte ich es geschafft, mich zu beruhigen, aufzugeben und daran zu arbeiten, mich dazu zu zwingen, stattdessen über meine Einsamkeit hinwegzukommen. Denn ich suche nicht wegen der Arbeit nach ihm.

Ich suche nach ihm, weil ich zum ersten Mal in meinem Leben jemanden vermisse, den ich noch nie getroffen habe.

„Na ja", sagt Daniels schließlich. „Ich nehme an, dann sind Sie jetzt bei Ihrer fünften Zielperson. Viel Glück dabei, ihn zu fangen. Noch nie hat jemand sein Gesicht gesehen."

„Ich werde es schaffen, Sir."

„Meinetwegen. Ich buche Ihnen einen Flug nach Baltimore für morgen früh. Seien Sie um sieben Uhr bereit." Die Verbindung wird unterbrochen.

Ich schenke mir einen Brandy aus der Hotelbar ein, bevor ich es erneut bei Prometheus versuche.

„Carolyn?" Es überrascht mich, es hat kaum geklingelt. „Du bittest mich hoffentlich nicht erneut um ein Treffen. Ich habe deutlich gemacht, dass ich ein sehr privater Mann bin."

„Ja, hast du. Deswegen habe ich nicht angerufen. Ich …" *Wollte nur wieder deine Stimme hören.* „Ich packe hier zusammen und bin unterwegs nach Baltimore."

„Ich verstehe." Eine Pause. Ich höre das Klirren von Glas und einen Schluck. „Ich nehme an, du wirst wegen deines nächsten Falls anrufen, sobald du dort bist?"

Ich werde rot. Ich bin von ihm abhängig geworden, und er weiß es. „Nein, dieser Anruf … dreht sich auch nicht um die Arbeit."

„Oh? Was dann?" Seine Stimme ist sehr sanft. Als hätte er es bereits erraten. Oder vielleicht erwartet er fröhlich meine Antwort?

Wunschdenken von einer Frau mit dämlichen Gefühlen.

„Ich habe mich nur gefragt, ob du reden möchtest. Du weißt schon, wie normale Menschen." *Wie ein Mann und eine Frau.*

„Faszinierend." Er stellt sein Glas mit einem weiteren Klirren ab. „Bitte, fahr fort."

Und plötzlich kann ich nicht aufhören zu lächeln.

Ende.

CPSIA information can be obtained
at www.ICGtesting.com
Printed in the USA
BVHW072158230822
645288BV00013B/535